君がいる時はいつも雨

山田悠介
Yamada Yusuke

文芸社文庫

使い古したキャッチャーミットを弱々しくパシパシと叩きながら隣を歩く橋本陽介《はしもとようすけ》が死にそうな声で言った。

「暑すぎだよサカッチョ」

四時を過ぎたというのに依然肌に突き刺さるような日射しだ。瞳に映るいつもの景色が燃えているかのようにユラユラと揺らめいている。

重い身体をタプタプと揺らしながら歩く陽介が暑さにやられた顔で言った。

「アイス食べたいよおサカッチョぉ」

ブルドッグみたいな顔で舌をゼエゼエと出している陽介の顔が余計に暑苦しい。

孝広《たかひろ》は左手にはめているグローブで陽介のお尻をパンと叩いた。

「さっき駄菓子屋で食べたろお。三本も」

孝広の一発で何かを思い出したように、

「あ、そうそう園長が言ってた。もうすぐ秋なんだって」

陽介が得意気に言った。

孝広の脳裏にぼんやりと園長の姿が浮かぶ。孝広の中ではいつも小説を読んでいるイメージだから、今も頭の中にいる園長は『ふたば園』の庭で小説を読んでいる。木のベンチに座りながら。丸い縁の眼鏡をかけて。

園長は何でも知っている物知り婆ちゃんだけどさすがに秋は嘘だよ、と孝広は思った。

だってまだ八月四日だよ？　夏休みになったばかりだよ？　蝉もバンバン鳴いてるよ？　ハシくんなんてアイス三本も食べちゃったよ？

孝広はもう一度じっくり考えたあと、秋は有り得ないと首を振った。髪が短いから頭を振るとダラダラと汗が流れて目に沁みた。

「七日が立秋なんだって」

また陽介が得意気に言った。

「リッシュウ？」

聞いたことがあるようなないような言葉だ。

「そう、だからもうすぐ秋なんだってさあ」

園長が秋と言うんだから秋なんだろうけど暑いものは暑いと孝広は思う。

思えば七月から変だった。

梅雨なのに梅雨らしい日はほとんどなくて、初旬には梅雨が明けて涼しい日が何日か続いたから今年の夏は涼しいのかなあなんて考えていたら、一気に暑くなって連日猛暑となった。

四月に小学六年生になった孝広は今まで暑さも寒さもあまり関係なかったけれど、さすがに今年の夏は我慢できないくらい暑い。冬はまだ半袖半ズボンでいける自信があるけれど。

テレビの人たちは皆猛暑日とか言うけれど、地獄のような暑さだから獄暑日だよと孝広は思う。

雨が降るよりはましだけれど……。

二人は自分たちが通う磯子南小学校に到着するなりグラウンドに向かい、二十メートルほどの距離をとった。この暑さのせいかグラウンドには二人以外誰一人としていない。今日はプールも休みのようだから敷地内は閑散としている。

孝広はグローブの中にある汚れきった軟式ボールを右手で握った。使い古したボールだから山がなくてツルツルだ。ストレートはまだいいとして変化球が投げづらい。

二十球ほどキャッチボールして肩が温まってきたころ、陽介が何も言わずにその場に腰を下ろしてキャッチャーミットをパンパンと拳で叩いた。さっきまでの弱々しい音、死にそうな顔とはうって変わってどちらも生き生きとしている。

そろそろピッチング練習をしようという合図だ。

さすが俺の相棒だぜ、と孝広は心の中で言った。何も言わなくても陽介は感じ取ってくれる。正直キャッチングは上手ではないし、肩だって弱い。同じチームのメンバーにはデブだからキャッチャーをさせられているんだと馬鹿にされている。

それでも孝広にとっては一番のキャッチャーだ。なぜなら陽介は唯一の親友だから。

スイッチが入った孝広は帽子の位置を直し、砂をロージンに見立ててボールを握りしめた。

「神奈川大会決勝！　九回表ツーアウト、あと一人打ち取れば磯子ドルフィンズの優勝です。坂本《さかもと》橋本のバッテリーは何を投げてくるかあ！」

キャッチャーミットをかまえる陽介が実況しながらサインを出した。

ストレートだ。

「さあ来いサカッチョ！」

孝広はよしとうなずくと、

「ピッチャー振りかぶりました」

陽介と同様実況を始めた。蝉の鳴き声が声援に変わる。

「この一球が決まれば初の全国大会です！」

力を込めて言った、そのときだった。

突然上空でゴロゴロと雷の音がした。

それでも雲一つない晴天だから気のせいかと思いきや、まるで昼夜が逆転したかのごとく一気に空が暗くなって、雨が降ると確信したその刹那、バケツをひっくり返したような強い雨が降り出した。

　これはさすがに無理だと二人はグローブを抱えて校舎に走る。太っている陽介は走るのが遅いから五十メートル先の校舎に着いたときにはすでにびしょ濡れだった。乾ききっていたグラウンドもグチョグチョだ。

「あ～あ」

　突然の雨に残念がる陽介とは対照的に孝広はただただじっと雨を見つめている。雨が止むのを願っているのではない。こんな激しい雨を見ていると、どうしてもあの日の出来事を思い出してしまう。

　陽介の声で現実に引き戻された孝広は、

「ラスト一球ってとこだったのにな」

　取り繕うように言った。

「ね。あと一球で全国大会だったのにさあ」

　孝広はあまりにタイミングの悪い雨が許せない。

　投げる直前まで二人で実況して遊んでいたとはいえ、真剣に自主練習するつもりだったのだ。

　試合に勝ちたいから。

空想では神奈川県の決勝だったけれど、現実は、孝広と陽介がレギュラーバッテリーになって以来磯子ドルフィンズは試合で勝ったことがない。

孝広は、チームメイトが陰で陽介のせいだと言っていることを知っている。確かに皆が言うように陽介はパスボールが多いし、肩が弱いから盗塁もされ放題だ。それが失点に繋がり負けたこともある。

それでも孝広は陽介を責めたことは一度もない。当然責めるつもりもない。負けるたび孝広は、自分がヒットを打たれなければ負けなかった、全部三振に打ち取れば勝てたのにと後悔する。

孝広はどうしても陽介とのバッテリーで一勝したい。陽介とのバッテリーでも勝てるというのを皆に証明したい。

週末に公式戦がある。夏の地区大会だ。

試合までそう時間がない。勝つには練習しかないのに、雨が降るなんて最低だ。憂鬱《ゆううつ》な気分で雨を見つめていると、

「ねえねえサカッチョ、そういえば最近僕たちが練習しようってときに限って雨降らない？」

陽介が言った。

孝広もちょうど同じことを考えていたのだった。

夏休みが始まってからだと思う。陽介と自主練しているときや、今日みたいに練習を始めようかってときに限って雨が降る。

不思議なのは、そのとき決まって、何キロ先かは分からないけれど遠くの空は綺麗に晴れ渡っていることだった。

今もそうだ。孝広の暗い気持ちとは対照的に遠くの空は清々しい青だ。

自分たちのところだけ、というわけではないけれど、空が練習の邪魔をしているとしか思えなかった。

「あっちのほうは晴れているから少しすればまた晴れるかも」

陽介はそう言うけれど孝広は期待していない。同じパターンで雨が止んだことは一度もない。きっと夜まで降り続く。

何だか不思議とただの夕立とは思えなかった。

近ごろ本当に変な天気が多いなあと孝広は子どもながらに思う。

雨が降るべき時季に降らず、降りそうにない晴天のときに雨が降ってくるのだから。

孝広の天気予報は的中した。やはり練習を邪魔する夕立はいくら待っても止むことはなく、気づけば六時を過ぎていた。

びしょ濡れのまま座っていた陽介がグローブを手にして立ち上がった。

孝広は陽介が何を言い出すか知っている。それは孝広にとって一番寂しい言葉。

「そろそろ帰らなくちゃ」

孝広は暗い気持ちになるけれど表情には出さない。もう少し一緒に遊びたいけれど引き留めることもしない。陽介をただ困らせるだけだと知っているから。

「園長に怒られちゃうからさあ」

陽介には父親も母親もいない。園長が母親代わり、というより、赤ん坊のころから園長に育てられたから園長が本当の母親だ。

陽介は普通の子どもたちとは違い『ふたば園』という児童養護施設で暮らしている。木造の小さな施設で、そこには陽介と同様親のいない子どもたちが十人暮らしている。

皆事情は様々だ。

陽介は赤ん坊のころにふたば園に捨てられていたのを園長が保護したのだった。孝広はその事実を陽介本人から聞いた。

小学一年生の夏休みだった。そのときの陽介を孝広は今でもよく憶えている。

暗い過去のはずなのに平気な顔して、それどころか時折笑って話すのだ。

赤ん坊のころに捨てられたから当然親の顔など憶えておらず、最初から園長に育てられて、ふたば園での生活が当たり前だから逆に何も思わないらしい。

そんな陽介に対し孝広は小学一年ながら、見かけによらずつええ奴だなあって思ったのだった。

一方、陽介を尊敬する孝広とは逆に児童養護施設で暮らしているってだけで差別する心ないクラスメイトもいる。

それが原因で一年前、孝広はある男子と喧嘩になったことがある。

どこから聞いてきたのか、陽介のランドセルやグローブは貰い物だ、と陽介を馬鹿にしたからだ。すぐ傍で聞いていた孝広はすぐさまその男子のところに行って有無を言わさずぶん殴った。

殴り合いの喧嘩になって、しばらくして通りかかった教師に止められたのだけれど、最後は陽介のことではなく、別のことで頭の中が真っ赤になっていた。

『橋本の味方するのは、お前にも本当の親がいないからだろ――』

ハッと我に返ったとき、相手の男子は床に倒れていて顔面血だらけだった。

依然降り続く雨の中、美味しそうなぜい肉を揺らしながら走っていく陽介の後ろ姿を見守った孝広はグローブを抱えるようにしてダッシュした。

雨を切り裂く孝広の首元から銀色の鍵が飛び出す。また中に入れようと左手で握りしめると妙に冷たく感じた。

学校から自宅まで全力ダッシュすれば三分ほどで着く。

集合団地の一号棟。着いたころにはビショビショだった。

三〇一号室。孝広はあえてエレベーターは使わず一気に階段を駆け上り、首にぶら下げている鍵で扉を開けた。

部屋の中は誰もいなくてシンとしていた。叔父の孝志《たかし》、叔母の京子《きょうこ》、共にまだ仕事から帰ってきていない。

びしょ濡れの孝広は玄関で衣服を脱ぎ風呂場に向かった。濡れた衣服を洗濯機に入れ、棚に置いてあるバスタオルで頭と身体を拭いた。

パジャマに着替えた孝広はバスタオルを持ったまま玄関に戻り、濡らしてしまった廊下をバスタオルで丁寧に拭く。そしてビチョビチョの靴を持ってベランダに向かった。未だ外は強い雨だけれど玄関に置いといたら臭くて迷惑がかかってしまう。明日は朝から晴れるだろうから昼過ぎには乾いてくれると思う。

靴を干した孝広は最後に濡れたバスタオルを洗濯機に放り込み、適量の洗剤を洗濯機に注ぎ慣れた動作でスタートボタンを押した。

これで叔母の手をわずらわせることはないだろうと安心した孝広は自分に与えられた六帖の部屋に入り扉を閉めた。

部屋には勉強机やベッドといった生活上必要最低限の物しかない。

テレビやゲーム機などはない。

買ってもらえないからではなくむしろその逆。二人には買ってあげると言われているけれど、孝広のほうが遠慮しているのだった。自分のためにあまりお金を使ってもらいたくないから。

部屋にある物で大切にしているのは、大好きな野球漫画全二十巻と、グローブ、バット、それに勉強机の棚に置いてある土色の素焼きの茶碗に、黒い釉薬のかかったマグカップだ。

どちらも陶芸家だった父親からプレゼントされた焼き物だけれど、今は形見になってしまった。

孝広は窓際に立って篠突《しのつ》く雨を眺める。

楽しい想い出は時間が経つにつれて薄れていくのに、嫌な想い出、怖い想い出はいつまでも鮮明でしつこい。

八年前のあの日も、今日くらい激しく雨が降っていた。

夏休み期間中の八月二十五日だった。

その日父親が休みだったから三人で水族館に出かけ、当時四歳だった孝広は初めての水族館に大興奮し、興奮冷めやらぬまま帰路についた。

高速道路を下りたころだった。突然空が暗くなって大雨が降り出した。

父親は終始安全運転だった。大雨だからより慎重に。

一方の孝広はまったく危機感などなく、助手席に座る母親と水族館の話題で大盛り上がりだった。

よく憶えてる。大迫力のジンベイザメの話をしている最中だった。

本当に一瞬の出来事だった。

国道十六号線。雨にもかかわらずかなりのスピードで走ってきた対向車が強引な割り込みに失敗し、スリップして突っ込んできたのだ。

かなりの衝撃だった。

意識を取り戻したとき、孝広は病院の個室にいた。孝広は奇跡的に助かったが、父親と母親は即死だった。

それを知らされたのはどのタイミングだったか、孝広は記憶がない。

病院の関係者に手を引かれ、二人が眠る霊安室に案内された。

四歳ながらに両親の死を理解した孝広は、両親を同時に失ったショックが大きすぎて声を失い、ただただ茫然と二人……。

いや二人ではない。三人だった。

母親のお腹の中にはもうじき生まれてくるはずだった弟がいたのだから……。

一瞬にして家族を奪われて独りぼっちになってしまった孝広のもとを最初に訪れた

のは、父親の弟夫婦だった。他の親戚も大勢やってきたけれど、孝広は皆が泣いている姿しか記憶がない。

大人たちの間で何らかの話し合いがあったのだろう。その日から孝広は父親の弟夫婦のもとで暮らすことになった。孝広は幼いながら、二人には子どもがいないから二人の子どもになったんだと理解した。

孝広は育ての親である叔父と叔母に心から感謝している。

独りぼっちになってしまった自分を引き取って、本当の親のように接してくれているから。

叔父と叔母のおかげで孝広は何不自由ない生活を送れている。大好きな野球ができているのも二人のおかげだ。

なのにどうしても比べてしまう。

父さんと母さん、それに弟が生きていたらどんな毎日だったろうって。

もし生きていたら、弟は八歳になっていたんだ。

きっと野球をやっていただろうから、今日もハシくんと三人でキャッチボールをしてただろう。

元気一杯のやんちゃっ子で、何かあるとすぐ兄ちゃん兄ちゃんって言ってきて。

一緒の部屋で、一緒に勉強して、一緒に風呂に入って、一緒の布団で寝て……。

母さんが生きていたら、今みたいに寂しい想いをすることはなかった。

いつも優しくて、いつも傍にいてくれて。怒ったところなんて一度も見たことがない。

お菓子作りが大好きで、毎日のように美味しいお菓子を作ってくれた。だから毎日三時のおやつが楽しみだった。

洋裁も得意だし、よくセーターも編んでくれた。今も形見として大事にタンスにしまってある。

父さんが生きていたら、毎日心強かったろうなあ。大きな背中を見てるだけで不思議と安心できた。近くにいても遠くにいても守られているような、大きな大きな存在だった。

いつも頭にタオルを巻いて、作務衣を着て、自宅傍の工房で作品を作ってた。その姿がとても格好よくて、誰よりも尊敬してた。

父さんは芸術の才能に溢れてた。陶芸はもちろん、絵を描くのも上手かったから。自分には芸術の才能はないなあと孝広は思う。手先は不器用だし、絵心だってまったくない。そのへんは母さんに似たのかな？

夏休みの宿題も主要教科は早々に終わらせたけれど、図工の宿題だけは未だ手つかずだ。何を作るかすら決まってない。一応紙粘土は買ってもらったのだけれど……。

雨なんか嫌いだ、と孝広はつぶやいた。

雨を見ると事故のことを思い出してしまう。

そう、あの事故だって雨のせいだ。

八年前のあの日地面が濡れていなければ反対車線の車はスリップなんてしなかったかもしれない。

三人が生きてたら、四人で楽しく暮らしてたのに。

全て雨が悪いんだ。

雨なんてこの世から消えちゃえばいいのに。


孝広は暗い気持ちを引きずったまま夕食の時間を迎えた。

時刻は七時半過ぎ。他の家族と比べると少し遅めの夕食だが、大体いつもこんな感じだ。

叔父の孝志の帰りがいつもこれくらいだからである。もっと遅いときは叔母の京子と二人きりだ。

孝志は白いポロシャツにジーパンとラフな格好だがこれでも仕事帰りだ。

孝志は横浜にある出版社に勤めており、主に二十代をターゲットにした情報誌を手がけている。

今年でちょうど四十だが、四十とは思えないくらい見た目も感覚も若い。仕事柄街に出て流行の店や場所を取材することが多く、また若者と接する機会も多いからだろう。

一方、叔母の京子は自宅から三キロほど離れたところにある大型書店に勤めている。孝志とは対照的に年相応であり、格好は地味でいつも化粧っ気がない。

一見暗そうだが、性格はとても明るい。今も楽しそうにテーブルに料理を並べている。彩り豊かで花が咲いたようだ。

孝広は、二人が中学の同級生だと聞いている。いつも仲が良くて、絆が深い感じ。

それなのに食卓には妙な違和感がある。

それは、二人の中に孝広がいるからであった。

孝広自身二人との温度差、距離を強く感じている。

ものすごく近くにいるのに、離れている感じ。

今も会話しているのは孝志と京子だけで、孝広はじっと黙ってカーテンの隙間から見える外に視線を向けていた。

すでに雨は止んでいる。なのにまた暗い過去を思い出している。

「さあタアくん食べましょうか」

京子がいつもの呼び方で孝広に言った。

孝広だからタアくんだ。一方孝志は孝広をタカと呼ぶ。死んでしまった孝広の両親が、かつて孝広をそう呼んでいたからだ。

孝広は二人と息を合わせていただきますと言うけれど、友達に見せる明るさはなく大人しい。

孝広は京子が作った料理を一口食べる。

「どう美味しい？」

すかさず京子に聞かれ、

「美味しい」

と答えた。

京子は自然な笑みを見せるけれど、孝広の表情はどこか硬い。

そんな孝広とは対照的に、真ん中に座る孝志はテレビを観てゲラゲラ笑っている。まるで子どもみたいに。

ふいに、

「面白いなタカ」

と振られ、孝広はうんとうなずく。その後もテレビの内容に関していろいろ振られたが、孝広はうんとかそうだねとか、一言で返すだけだった。

「ところでタカ、今日は何してたんだ？」

またふいに孝志が言った。

孝広は箸を止め孝志を一瞥する。

「今日はハシくんと野球の練習をしようと小学校に行ったんだけれど、雨が降ってきちゃって……」

「そっか。それは残念だったな。試合は今週の日曜だったよな？　応援行くから」

依然箸を止めたままの孝広はまた孝志を一瞥し、

「ありがとう」

他人行儀にちょこんと頭を下げて言った。

すぐに会話が途切れるが、孝広とは対照的に孝志と京子は無言でも全然かまわないといった様子だ。

茶碗が空になると、

「タアくんおかわりは？」

京子に声をかけられた孝広は首を横に振った。

「大丈夫」

「あら、いっぱい食べないと」

「何か今日はお腹一杯で」

嘘じゃない。今日はあまり食欲がない。

孝広は残りのおかずを綺麗に食べると両手を合わせてごちそうさまでしたと言い席を立った。

孝広はリビングのソファではなく、自分の部屋に向かう。

「宿題？」

京子に声をかけられた孝広は振り返り、

「うん」

と言って部屋に入った。

嘘だ。宿題じゃない。

孝広はベッドに腰掛け、そっと横になる。

二人が嫌いなわけじゃない。むしろ大好きだ。

なのに壁を作ってしまう。ガラスの壁ならいいけれど、コンクリートみたいに硬い壁。二人は本当の親のように接してくれているのに。

翌日、朝八時前には二人とも仕事で家を出てしまい、孝広は朝から独りぼっちになってしまった。

テレビをつけてみるけれどつまらない。漫画本を読み返してみるけれど知っている内容だからすぐに飽きた。

家ではやることがない。

図工の宿題がまだ残っているけれど、今日はやらない。

昨日の夕方とはうって変わって雲一つない晴天だから外で遊びたい。

というのは半分本音で半分嘘だ。

図工の宿題は正直やりたくない。下手だから。

もっともアイディアすら浮かんでこない。芸術に関しては想像力も乏しいのだと思う。紙粘土を使うことは決まっているのだけれど……。

動物とか物とか、パッと目に入ったものを適当に作ってしまえば楽なんだろうけどそれはプライドが許さない。陶芸家の息子として。

孝広はグローブと軟式ボールを手に取ると部屋を出た。家にいてもやることがなくて苦痛だから陽介のところへ行こうと思う。

靴を履いた孝広は玄関の棚に置いてある紐の付いた鍵を首からぶら下げ家を出た。

陽介たちが暮らすふたば園は孝広の住む団地から歩いて十分、ひっそりとした住宅地の一角にある。

木造の古い平屋建てで、門の横には『ふたば園』と立派な石の表札が出ている。

敷地には一切遊具はなく、孝広がふたば園に到着したとき二人の子供が追いかけっこをしていた。

八歳の男の子・勇気《ゆうき》と、七歳の女の子・千夏《ちなつ》だ。

孝広は陽介とばかり遊んでいるからふたば園で暮らす他の子どもたちもよく知っている。

勇気は一言で言えばガキ大将。千夏はじゃじゃ馬娘だ。

勇気のほうは陽介と同じ部屋で暮らしていて、陽介にとっては弟分。千夏は陽介に一番懐いているから妹みたいなもんだ。

勇気と千夏はこの暑い中、暑さも忘れてグルグルグルグル走り回ってる。どうやら勇気が鬼役らしい。

「おーいおーい」

孝広は門の前で二人に声をかけた。孝広でも簡単に乗り越えられる低い門だ。押すとキキキと音を立てながら開いた。

二人が同時に孝広を振り返る。足を止めることなく走ってやってきた。

二人とも汗びっしょりだけれど全然疲れた様子はない。太陽が眩しいから分からなかったけれど近くで見ると二人とも真っ黒に焼けている。

「よおサカッチョ！」

勇気が無邪気な顔で言った。

孝広は内心、おはようございますサカッチョさんだろ、と思う。

「よおサカッチョ！」

千夏が勇気のマネをした。千夏は可愛いから許す。

「ハシくんいる？」

尋ねると勇気と千夏が陽介を呼びにいった。

今日もハシくんと一緒に遊べそうだ、とホッとしたのも束の間、現れたのは園長だった。

花柄のワンピース姿で洋服は涼しげだけれど、この猛烈な暑さの中薄手のストールを肩にかけている。風邪でもひいているのかなあと孝広は心配する。

園長は右手に読みかけの小説を手にしており、丸い縁の眼鏡を外すと、

「サカッチョくんおはよう」

上品な笑顔で言った。

「おはようございます」

「今日はどうしたの？」

知ってるくせに、と孝広は思う。

「陽介くんと遊ぼうと思って」

言った瞬間園長の瞳が鋭く光った。

「今日はダメよ」

最初とはうって変わって厳しい声色だった。

「え、どうして？」

「あの子全然宿題終わらせてないの。今日は一日宿題の日！」

孝広をシャットアウトするかのごとくピシャリと言い放った。

午前中だけでも、と言おうとしたとき、園長の背後から陽介がやってきて、園長の身体からひょっこり顔を出した。

「ごめんねサカッチョ。宿題やらなきゃ」

孝広はそっと園長の顔を見た。園長は絶対ダメよというように口元をギュッと結んだ。

そこを何とか、と目で訴えたが、園長は無言で首を振ったのだった。

今、何時だろう。そろそろお昼だろうか。

孝広は黒ずんだ軟式ボールをゴムまりのように地面にバンバンと弾ませながらトボトボと歩く。

陽介に渋々別れを告げた孝広はその後、別の友達の家を五軒ほど回ったのだけれど残念ながら皆留守か予定が入っているとかで全滅だった。

孝広は家の近所の公園に行き、レンガの壁に向かって一人壁当てをした。

壁をバッターに見立てて本気で投げる。

実況しながら投げるけれど全部ピッチャーゴロで返ってくる。

「……」

超むなしい。

だから夏休みは嫌いだ。休みが長すぎる。

誰も遊んでくれない日はずっと独りぼっちで暇な時間を過ごさなければいけない。

孝広は孝志と京子には一切態度に見せないけれど、本当はとても寂しい。とはいえ二人には甘えられない。

孝広は夏休み期間中ずっと不安だ。

明日も一人かもしれないと思うだけで正直怖くなる。

逆に遊んでくれる友達が見つかるとすごくホッとする。今日は寂しくないって。

母さんが生きていたらなあって思う。母さんは仕事をしていなかったから寂しくはなかった。

誰か公園に来ないかなあ。

孝広は一人壁当てをしながらクラスメイトが偶然やってくるのを期待したけれど、一時間以上たっても誰もやってこなかった。

その間ずっと壁当てをしていた孝広はだんだんお腹が減ってきて、お昼ご飯を食べにいったん家に帰ることを決めた。

ちょうどそのときだった。

園内の木の枝に止まっていた鳥たちが急に騒ぎ出した。

鳥界のボスが現れたのかなあと孝広は空を見上げる。

まるで墨汁を垂らしたかのように、真っ白だった雲がジワリジワリと薄黒くなっていく。やがて太陽が隠れ辺り一面暗くなった。

またた、と思ったときには雨が降ってきて、孝広は急いで木の下に逃げ込んだ。

昨日ほど強くはないけれどこのまま帰ったらまたビショビショだ。

廊下を拭いたり靴を干したり洗濯したり、何もかも面倒臭いなあと考えていると、公園に赤い傘を差した七、八歳と思われる背丈の少年がやってきた。

赤い傘はどう見ても大人の女性用で子どもが差しているととても不自然だ。

白い無地のTシャツに青い短パン。傘のせいで顔がよく見えない。

なぜかこちらにやってくる。青いスニーカーでピチャピチャ音を立てながら。

誰だろうと顔を覗き込むようにして見ると、孝広のそれに気づいたかのように少年がパッと自分の顔を見せてきた。

坊主頭の少年はめっちゃ笑顔である。顔芸をしているんじゃないかと思うほどに。

全然知らない顔だった。なのに何でこんな笑顔なんだと、孝広はちょっと不気味に思うのだった。

少年は左手を挙げ、

「やあ」

と言った。いきなり挨拶された孝広は戸惑いながらも少年と同じ動作で、

「やあ」

と返した。

「どうしたの？」

言ったのは少年である。

「どうしたのって？」

「何でそんな困ってるの？　やっと会えたのにさあ」

わざと困らせようとしているのか、少年は意味深な言葉を言ったあとニヤニヤ笑った。

「やっと会えたって何だよ」

「オイラが来たときいっつも誰かと一緒だからさあ」

「オイラって」

孝広は思わず突っ込んでしまった。

「何？　変？」

「今時自分のことオイラって、漫画の世界でも言わないぜ。言ってもオラでしょ」

「いいんだ。オイラはオイラが気に入ってるんだから」

「それよりお前誰だよ」

聞くと少年はイヒヒと笑い、

「さあ誰でしょう」

と言った。

「いや知らねえし。磯南小か？」

「ブー。不正解」

「じゃあうちと同じ団地の奴か？」

「それも不正解」

「同じ野球チームのわけねえしなあ」

「さあ早く答えて答えて」

「分からねえよ。ヒントは？」

「ヒントはねえ、同じ名前」

「同じ名前？　誰と？」

少年は上目遣いで孝広を指差した。

「は？　俺と？　孝広？」

「違う違う。坂本」

「そっちかよ。てか何で俺の名字知ってんだよ」

孝広は少年のペースに乗せられ下の名前を真剣に考える。しかしいくら考えても分からない。

「分からねえよ。ギブアップ」

降参すると少年は、

「もうギブアップ？」

と不満そうな顔で言うけれど、声色は満足そうだった。

「正解は」

孝広は妙にドキドキし少年の次の言葉を待った。少年はもったいぶるようにちょっと間を置き、

「孝平《こうへい》だよ！」

と言った。

「孝平？」

坂本孝平？

孝広は記憶のノートをめくるけれど思い出せない。

孝広は少年の顔をしばらく見据え、

「いや知らねえし」

声を張って突っ込んだ。すると少年は声の調子はそのままにこう言ったのである。

「兄ちゃんの弟だよ――」


孝広は孝平少年が言った言葉に目を丸くし、人差し指で自分を指して言った。

「兄ちゃんって、俺?」

「そう」

孝平は普通の顔で答えた。

孝広は意味が分からなすぎて逆に笑えてきた。

「お前面白いこと言うね」

「冗談じゃないよ?　本当だよ」

「んなわけないじゃん」

「どうしてさ?」

「どうしてって」

孝広はシトシト降る雨を見つめながら言った。

「俺には弟はいないもん。生まれる前に死んじまったから」

「その死んじゃった弟ってのがオイラだよ」

あまりに馬鹿馬鹿しすぎて孝広は鼻で笑った。

「本当だよ？　オイラ兄ちゃんのためにコドモランドから来たんだ」

「コドモランド？　桜木町のコスモワールドだろ」

「コスモじゃないコドモ。コドモランドはオイラが名前をつけた世界。簡単に言うと『あの世』ってやつ」

「あの世？」

「こっちの世界はこの世だろ？　死んだ人間たちが暮らしてるのがあの世さ」

だんだん面倒臭くなってきた孝広はもういいと言った。

「ねえねえ兄ちゃん」

孝平が孝広の袖をグイグイと引っ張りながら言った。孝広は孝平の手を振り払い、

「俺はお前の兄ちゃんじゃねえ」

強めの口調で言った。

一瞬悲しそうな目をした、と思いきや孝平はもう一度袖を掴み、

「兄ちゃん兄ちゃん」

と言ったのだった。

「何だよ引っ張るなよ伸びるだろ」

鬱陶《うっとう》しそうにする孝広に孝平が一言言った。

「アソボ」

「あ?」

「だぁかぁらぁ、ア、ソ、ボ」

「遊ぶ?　何して遊ぶんだよ、こんな雨降ってるってのに」

「お家行こ」

「お家だぁ?　お前のか?」

「オイラ家ない。兄ちゃんの家」

「俺の家?　てか家ないって何だよ」

何が何だか分からない孝広はいつの間にか傘を持たされていた。

「ちょ、何だよ」

「兄ちゃんが持って。さあ行くよ」

孝平がまた強く袖を引っ張った。

「だから引っ張るなって」

孝広は仕方なく歩き出す。公園を出るまでは水溜まりに気を遣っていたから全然考えもしなかったけれど、公園を出てようやく肝心なことに気がついた。

前を歩く孝平は一切迷うことなく団地のほうに進んでいる。今日が初めてのはずなのに。

「俺の家、知ってるの？」

「ああ知ってるよ」

孝平が前を向きながら言った。

「何で？」

「何でって、ずっと見てたからだよ」

「何を？」

「何をって、兄ちゃんをさ」

「どこで？」

「コドモランド」

一体何なのこいつはさっきから、と孝広は心の中で言った。

しかし無理に足を止めることはしなかった。まあいいか、と思う自分がいたからだ。

一人で家に帰ったってつまらない時間を過ごすだけだったんだから。

変な奴だけれど遊んでみよう。

孝広は会ったばかりの少年に連れられ自宅に向かう。

おかしな光景だけれど孝広はもうどうでもよくなっていた。

それよりも気になることがあった。

「てゆうかこの赤い傘ダサくねえ？　母ちゃんの傘だろ？」

「だぁかぁらぁ、オイラに母ちゃんはいないの。兄ちゃんが一番よく知ってるだろ？」

孝平は前を向いたままそう言ったのだった。


傘から少しはみ出しながら孝平は孝広の袖をグイグイと引っ張っていく。濡れてもらっちゃあ困ると、孝広は傘を少し前に出した。

孝平は明らかに一号棟を目指している。

やがて一号棟に到着し、孝広は中に入る前に傘についた滴を振り落とす。

階段のほうから孝平の声が聞こえてきた。

「兄ちゃん早くおいでよ」

孝広はぶつくさつぶやきながら孝平のもとへ向かう。孝平は無邪気に二段飛ばしで階段を上っていき三〇一号室の前で足を止めた。

「鍵開けて」

「いちいちうるさい奴だなあ。てゆうか何で三〇一号室って知ってるんだよ」

「いいからいいから」

孝広は首にかけている鍵で扉を開けた。

孝平が小動物のように孝広の横をすり抜けて中に入る。

白い壁に手をついてスニーカーを脱ぐ孝平のその姿に孝広はドキッとし、

「待て待て！　まだ上がるなよ！」

慌てて止めた。

「何だよ兄ちゃん、どうしたっていうんだよ」

「いいから待て。動くな」

孝広は孝平のほうを向きながら、

「動くなよお。絶対動くなよ。お前は今からマネキンだからな」

催眠術をかけるかのごとく何度も何度も言い聞かせ、風呂場に向かった。

孝広は急いでタオルを濡らし、バケツに水をくむ。

孝平は言うことを守り玄関でじっとしていた。

「よし靴を脱げ」

指示どおり孝平は濡れたスニーカーを脱ぐ。靴下は履いておらず、孝広は濡れた孝平の足をタオルで綺麗に拭いた。左足も同様に。次いで両手を拭き、最後に白い壁についたと思われる汚れを拭き取った。

「細かいなあ兄ちゃんは。お掃除屋みたいだねえ」

「うるさい。てかその兄ちゃんてのやめろ」

「友達が来るたびにこうして拭いてるもんなあ」

タオルの水を絞る孝広の手が止まった。

孝平の言うとおり、孝広は友達を部屋に入れる前必ずこうして両手両足をタオルで拭く。外で遊んだあとは特に念入りに。

なぜ家の中での様子まで知っているのだろうと孝広は不思議でならない。

かすかに濁った水を鏡にして、孝広は自分を見つめた。

思い出せない。

「何で知ってんの？」

問いかけるが、

「おじゃマンボウ！」

孝平はハイテンションで家に上がると真っ先にリビングに向かった。

何をするのかと思いきや、孝広の両親の遺影が飾られている小さな仏壇の前で足を止めた。

さっきまでの様子とは一転、孝平は急に静かになった。

孝広は孝平がどんな表情をしているのか、また何を考えているのかまったく読めず、

「どうしたんだよ」

そっと問いかけた。しかし孝平はそれには答えず、

「兄ちゃんテレビ観ていい？」

明るい調子の声で言った。

「別にいいよ」

孝広は怪訝《けげん》に思いながらもテレビをつけてやった。

画面に映像が映った瞬間孝平が感動した声を上げた。ソファには座らず、テレビの前に正座して画面を見つめている。

「ニュースだぞ。何も面白くないだろ」

孝広はすぐにチャンネルを変え、ちょうど人気アニメの再放送をやっていたのでそこでリモコンを置いた。

「俺腹減ったから昼ご飯食べるよ」

声をかけても孝平は無視だ。

まあいいやと孝広はお昼ご飯の準備をする。といっても叔母がピラフを用意してくれているからレンジでチンするだけだ。

慣れた動作でピラフをチンして孝広はキッチンの横にある小さなダイニングテーブルで一人熱々のピラフを食べる。部屋中にピラフのいい匂いが漂っているはずだが孝平はテレビに釘付けだ。

「なああお前、どこ小の奴なの？」

口をモグモグさせながら問うた。

「……」

「家はどこだよ」

「……」

「何で俺の名前とか家とかいろいろ知ってんの？」

「……」

「あ！　そうか分かったぞ。お前孝志叔父さんの知り合いだな？　だから同じ坂本なんだ！」

「……」

孝広は思わず溜息を吐いた。

孝平はすっかりアニメの世界に入り込んでいる。主人公の動作を真似しながら一緒に敵と戦ってるのだ。

「何をそんな熱くなってんだ？　再放送なのに」

横顔の孝平は完全無視だ。孝広はもう二度と話しかけないと決めたのだった。

最悪なことに放映されているアニメ番組は夏休み一挙連続放送枠で、番組が終了したのは午後五時だった。

番組が終わるまでの間、孝広は自分の部屋で一人漫画本を読み返したりベッドでゴロゴロしたりと死ぬほど退屈な時間を過ごした。

孝広はもう一度ベッドに寝そべり外を見る。

依然雨は降り続いている。雨が止めば孝平を外に連れ出してキャッチボールをしようと思っていたのだけれど……。

「兄ちゃんアニメ終わったよ！」

孝平が勝手に部屋に入ってきた。

「あっそ」

年下相手にふて腐れる孝広は冷たく返事をした。

「目の前で観るテレビってやっぱすっごいや！」

何を意味分からないこと言ってんだコイツは、と孝広は思うが口には出さない。

「ねえねえ兄ちゃん」

「あ？」

兄ちゃんという呼び方に突っ込むのもいい加減面倒臭くなってきた。

「アソボ」

顔の近くで囁かれた孝広はとっさに起き上がり、

「ふざけんな！」

自分勝手な孝平に怒りをぶつけた。

しかし孝平には通じていない。あっけらかんとしている。

「兄ちゃん何怒ってんの？」

孝広は何も分からない孝平を見て、馬鹿すぎると思った。

コイツに怒っても無駄だ、疲れるだけだ、と諦めた孝広は一言、

「もう帰れ」

冷たく言い放った。

孝平は変なオモチャみたいに首を左右に振り、

「何で何で何で？」

しつこく聞いてくる。

孝広は有無を言わさず孝平の右手を掴んで玄関に引っ張っていく。

孝平はとっさに抵抗し、嫌だ嫌だ嫌だ、と大声で叫んだ。

激しく抵抗する孝平をやっと玄関まで引っ張ってきた孝広は孝平のスニーカーを素早く手に取った。

あとは無理矢理靴を履かせて追い出すだけだ、と頭の中で叫んだ。

ところが、そのとき突然玄関の扉がバッと勢いよく開いた。

孝広と孝平はビクッと動作を止め、同時に顔を上げる。

叔母の京子だった。青白い顔で立っており、二人の姿を見るなりホッと息を吐いた。

どうやら廊下にまで声が聞こえていたらしい。

「何してるの、二人とも」

顔を引きつらせながら京子が言った。孝広はとっさに、

「戦隊ごっこ」

と言ったのだった。


気づけばすでに五時半を過ぎている。

孝広は京子が帰ってくる時間であることをすっかり忘れていたのだった。

「ただいま」

依然として京子は扉を開けたまま玄関に突っ立っている。綺麗に折りたたまれた携帯傘を右手に持ちながら。

やっと扉を閉めて靴を脱いだ。

「中から叫び声が聞こえてくるし、外には大人の傘が立てかけられているし、いろいろ驚いちゃったわよ」

孝広は誤魔化すようにアハハと笑い、依然孝平の両手を掴んでいることに気づき慌てて放した。

「初めて、よね？」

京子がクリクリ頭の孝平を見ながら言った。孝広は京子と孝平を交互に見つめる。

叔母さんも知らないのか、と思う。

孝平は京子を見上げるが挨拶すらしない。

「珍しいわね、タアくんが年下のお友達連れてくるなんて」

「さっき公園でちょっと仲良くなって。でも雨が降ってきたから家で遊ぼうって言って、連れてきたんだ」

遠慮がちに経緯を説明すると京子はニコリと笑って、

「そう」

嬉しそうにうなずいた。逆に孝広は硬い笑みを浮かべる。

二人の間には明らかな温度差があり、ふと気づくと孝平がじっと見つめていた。

「新しいお友達ができてよかったわねえ」

心底嬉しそうにしている京子に孝平が言った。

「友達じゃないよ」

「え」

京子の表情が停止した。無理矢理笑みを作って、

「じゃあなあに?」

優しい声色で問うた。すると孝平は京子に対しても、

「兄弟だよ」

と言ったのだ。

またしても一瞬京子の動作が止まった。

「兄弟？　タアくんと？」

「そう。兄弟」

京子はウフフと笑って、

「タアくんよかったわねえ。親友ができて。ブラザーってやつ？」

孝広はただ、アハハと笑うことしかできない。

「親友じゃないってば。兄弟。何度も言ってるじゃん」

孝平の強い口調に京子は一瞬驚いた様子を見せた。

「オイラ、コドモランドからやってきたんだ」

「コドモ、ランド？」

京子が真剣に聞き返すと、

「そう！」

孝平は生き生きとした顔でうなずき、こう言ったのだ。

「オイラがいたコドモランドって世界は、生まれてくる前に死んじまった子どもたちが暮らしている世界なんだ！」

孝平のその言葉に孝広は愕然とした。脳裏に母親の姿と、母親のお腹を大事そうにさする父親の姿が過る。

京子のほうも言葉を失っている。

「オイラと同じ、生まれてくる前に死んじまった子どもたちはたっくさんいて、オイラたちはこの世に生まれ変わるまでの間コドモランドで暮らすんだ。

オイラが暮らしていたコドモランドにはこっちの世界みたいに空がない。景色もない。全部真っ白。真っ白い箱の中にいるみたいだった。

真っ白い世界には小さな家が数え切れないほどたくさん立ってて、皆一人ひとり神様から家を与えられて、そこで暮らすんだ。

神様っていっても誰も姿を見たことないよ。声しか聞いたことない。

オイラは赤い屋根の家だった。家っていってもベッドとか椅子とか洋服ダンスとかつまらない物しかないよ。隣の家は青の屋根で、オイラ、そこに十年前からいる哲也って奴といっつも遊んでたんだけど、この前この世に生まれ変わっちゃったみたい。哲也の奴、何も言わずにいなくなっちゃってさあ。人間じゃなくてカナブンにでも生まれ変わってたら面白いのにねえ」

孝広は到底信じられない話だと思う。けれど真剣に聞いている自分がいた。

「部屋の壁にはこっちの世界の様子がいっつも映されてるんだぜ、すっごいだろ？だからオイラ、兄ちゃんのこと全部知ってるんだ」

思い当たる節がたくさんある孝広は生唾を呑み込んだ。

「じゃあ、どうやってこの世に来たんだよ」

孝広は孝平の話を信じたわけではない。嘘だと思っているからこその問いかけだった。

「真っ白い世界を何十キロも北に進むと虹色の橋が見えてくるんだ。神様から虹の橋だけは何があっても絶対に渡っちゃいけないって言われてたんだけど、渡ったらどうなっちゃうのか、橋の向こうに何があるのか、は教えてくれなかった。

オイラ、もしかしたらこっちの世界に行けるかもしれないと思って渡ってみたんだよ。そしたら本当にこっちの現実世界にこられたんだ。絶対に渡っちゃいけないって言うわりには簡単に渡れたからさあ、逆にしらけちゃったよ」

孝広は最初真面目に聞いていたが、聞き終えたころには一転呆れていた。

考えてみれば最初からおかしな点がある。話の途中でそれに気づいたからだ。

孝広は右手を孝平の顔に伸ばし、親指と人差し指で赤い頬をギュッとつまんだ。

「お前が幽霊だとして、じゃあ何でこうして頬がつまめるんだ？　足だって二本しっかりついてるじゃないか」

そう言われてみれば、と思ったのか京子がホッと息を吐いた。

孝平はつねられたまま、

「知らないよそんなの」

と言った。

「あ、でもね、つねられても全然痛くない！　もっと強くやってもいいよ」

「はいはい嘘つけ」

孝広は馬鹿馬鹿しくて張り合う気も起こらなかった。頬から手を放すと、

「帰れ」

冷たく言い放った。

「タアくん、そんな言い方したら可哀想じゃない」

京子が孝広を宥《なだ》めるように言った。

「でもタアくんの言うとおり今日は帰ったほうがいいかもしれない。雨もこんなに降ってるし、暗くなったら危ないわよ。お父さんお母さんだって心配するから」

孝平は呆れたように両手を腰に置き、京子を小馬鹿にするように首を左右に振った。

「だぁかぁらぁ！」

孝平は仏壇を指差し、

「オイラの父ちゃんと母ちゃんはあそこにいるんだってば」

孝広と京子は顔を見合わす。

「……」

二人とも無言のまま同時に視線を戻した。

「まあいいや」

孝平が溜息交じりにつぶやいた。

「今日は帰ろっと」

帰るときはあっさりだった。スニーカーを履いてクルリと振り返ると、

「じゃね兄ちゃん。まったねえ」

と手を振って家を出ていった。

数秒間の空白のあと、

「そういえば」

京子が静寂を破った。

「あの子の名前は？」

「坂本孝平」

一瞬京子が驚いた反応を見せた。孝広はそれが気になり、

「やっぱり知ってるの？」

と問うたが、

「何でもない」

京子はただそう言うだけだった。

孝広はあえて京子から視線を外すが、京子が動揺しているのが分かる。

孝平の言動を頭の中で再生する孝広は今ごろになって気づいた。

孝平が赤い傘を忘れている。最初は廊下に立てかけていたが、京子が帰ってきた際、京子が中に入れていたのだった。

孝広は面倒臭いと思いながらも玄関に向かい赤い傘を持って扉を開けた。

廊下にはいない。階段を下りる音も聞こえない。戻ってくる気配もない。

追いかけようかと思ったけれどやめた。

孝平の帰り道が分からないからじゃない。

今の今気づいたのだけれど、雨が止んでる。

さっきまで厚い雨雲に覆われて辺り一面真っ暗だったのに、いつしか綺麗な青空が広がっている。

見慣れた風景に、うっすらと大きな虹がかかっていた。


翌日、孝志と京子を玄関まで見送った孝広は九時前に家を出た。グローブと黒ずんだ軟式ボールを持って。

向かった先は陽介たちが暮らすふたば園だ。昨日と同様勇気と千夏が庭で遊んでおり、まるで昨日に戻ったみたいだった。孝広は二人に陽介を呼んできてほしいと頼んだ。

しばらくして陽介がグローブを持って現れた。どうやら園長の許しが出たらしい。

孝広は今日一日陽介と遊べると知っただけでホッとした。

脂肪をタルンタルンと揺らしながら陽介がやってくる。すでに汗だくだ。

「昨日宿題を一日頑張ったから今日は遊んでいいってさ」

「ナイス！　学校で練習しようぜ」

二人は他愛ない会話を交わしながら学校へ向かう。

やがて小学校が見えてきた。

一昨日とは違い校門が開いている。

今日はプールが開放されているらしく、水の音と子どもたちの声が聞こえてくる。

「そうだハシくん、明日プール行こうよ」

今のうちに明日の約束もしておけば安心だと孝広は思った。

「いいよ。園長がいいって言ったら」

目の前に園長が立ちはだかった気分だった。簡単には通さないわよと言っているような気がして怖かった。

「宿題終わったんじゃないの？」

「まだ。国語と算数と理科が残ってる」

「……」

孝広は何も言わずに陽介と距離を取って右手に持っている軟式ボールを投げた。パシンと革のいい音がグラウンドに響く。

かまえると、ゆっくりとした山なりのボールが返ってきた。

孝広と陽介は最初のうちは会話をしていたけれど、いつしか無言のやり取りになっていた。

暑さのせいじゃない。キャッチボールを繰り返す孝広の頭の片隅には孝平の姿があった。

「昨日変な奴と遊んだんだよ」

孝広は独り言のように言った。

「変な奴？」

陽介は暑さにやられてヘロヘロの状態だ。

「あのあとさあ、一人で家の近くの公園に行ったの。そしたら全然知らない奴がやってきてさ」

陽介が聞いていようが聞いてなかろうが孝広はかまわなかった。

「坂本孝平っていう奴で、なぜか俺の名前とか家の場所とか、いろいろ知っててさあ」

「誰かが教えたんじゃない？」

「親戚かなって思ったんだけど、叔父さんも叔母さんも知らなかった」

　昨晩、叔父の孝志が帰ってくるなり孝広は孝平を知っているのか問うたのだが、孝志も京子と同様そんな子は知らないと言ったのだった。

「孝平って奴、コドモランドから来たとか言い出してさあ」

「コドモランドってなあに？」

「そいつが名前をつけた世界。あの世ってことらしい」

　言い方を変えて教えると陽介はフムフムとうなずき、

「死後の世界ってやつだね」

　と得意気に言った。

「園長から教えてもらったのか？」

「そう」

　孝広はキャッチボールを中断し、

「園長他に何か知ってた？」

　真剣な眼差しで尋ねた。

「生きてるときに困っている人を助けたり、正しいことをしたりしていた人は天国に行って、悪いことばかりしてた人は地獄に行くんだって」

「それは俺でも知ってるよ。あとは？」

「あとはねえ、死んじゃっても天国に行けた人はまたこの世にやってこられるって言ってた。別の人間に生まれ変わって」

陽介が言った、その直後だった。

誰かが天気のスイッチをオフに切り替えたかのごとく一気に辺りは薄暗くなり、またたと思ったときにはすでに雨が降り出していた。

孝広と陽介は急いで校舎に逃げ込む。一昨日や昨日とは違い小雨だから練習を続けようと思えば続けられるけれど、二人は大事にしているグローブが濡れるのが嫌なのだった。

「まあただよ。何なのいつもいつも」

隣の陽介がブーブー文句を言った。

孝広は無言のまま空を見上げる。

またた、と思う。

また自分たちのところだけ雨が降っている。

遠い空は嘘みたいに晴れている。天国と地獄に分かれているみたいに。自分たちのところだけ閻魔《えんま》大王がケラケラ笑っている気がした。

「待ってれば止むかなあ」

陽介が言った。

「止めばいいね」

孝広はそう言うけれど期待はしていない。こんなふうに雨が降ったとき、大抵長く降り続く。

それから数分後のことだった。

校庭に一人の少年が現れた。

「噂をすればってやつ？　あいつだよ」

「ああ、孝平って子？」

「そう」

白い無地のTシャツに青い短パン。それに青いスニーカー。昨日とまるきり同じ格好だ。

昨日と違うのは、傘を差していないのと、両手にプラスチックのバットとカラーボールを手にしていることだった。

孝平が全力疾走でやってきた。

陽介とは違い、孝平はまったく息を切らすことはない。

「やあ兄ちゃん！」

いろいろな意味で憂鬱な孝広は、

「ああ」

とうなずくだけだった。

「やあハシくん」

孝平は陽介にも挨拶した。孝広と陽介は思わず顔を見合わす。

「どうして僕のあだ名知ってるの？」

陽介が自分の鼻を指差して言った。

「言ったじゃん。オイラは何でも知ってるのさ！」

「すごいや」

陽介はすっかり感動している。

「てゆうか、お兄ちゃん？」

孝広は陽介に困った顔を見せ、

「そうそうコイツ、俺のこと兄ちゃんって言うんだよ」

「だって兄ちゃんなんだから兄ちゃんだろ？」

孝平が当たり前のように言った。

「ねえねえそんなことよりさ」

孝広は孝平の次の言葉が何となく予測できた。

「ア・ソ・ボ」

やっぱりそうだ。

孝広はブスッとした顔で孝平を見た。

「雨降ってんじゃん」

「こんなの降ってないのと一緒だよ。ほら、バットとボール持ってきたんだ。三人で野球しよ」

プラスチックのバットとカラーボールで野球をするならグローブは濡れずにすむ。ただ、小雨とはいえ服がビチョビチョになってしまう。

しかしそんな心配よりも、三人で野球したいという思いのほうが孝広は勝っていた。

「どうするハシくん?」

一応聞いてみた。

「僕はいいよ」

あまりにもあっさりだったので孝広は逆に拍子抜けした。

三人は互いに目で合図し、よしとうなずく。

三人一斉に、わあと声を上げながら雨のグラウンドに走っていった。

最初はジメジメして気持ち悪かったけれど、全身雨に濡れてしまえば関係なかった。むしろシャワーを浴びているみたいで気持ちいい。

「じゃあまずは俺がバッター。ハシくんがピッチャー。で、孝平がキャッチャーだ」

孝広が勝手に順番を決めると、

「嫌だ！」

すかさず孝平が不満の声を上げた。

「オイラがバッター」

「すぐに打たせてやるよ」

「やだやだやだ！　オイラがバッター。オイラがバットとボール持ってきたんだから！」

三歳児みたいに駄々をこねる孝平に孝広は疲れ果てる。最初にバッターをやらせなければ一生これが続きそうだった。

「しょうがねえなあ。じゃあお前からでいいよ」

孝平はすぐに機嫌を直し、孝広にカラーボールを投げた。

「俺に投げろってか。生意気な奴め。三球三振に打ち取ってやる」

「てことは僕がキャッチャーだね。結局いつもと一緒か」

陽介が寂しげに言った。

「まあまあハシくん、次バッターやっていいからさ」

孝広は陽介を慰めるように言ったあと、

「いくぞ」

孝平に言って、大きく振りかぶった。

「打てるもんなら打ってみろ！　超スーパーミラクルストレート！」

思い切り放ったストレートはキャッチャーのど真ん中に伸びていく。

絶好の球だが孝平の振ったバットにはかすりもせず、陽介の両手にパチンと収まった。

孝広は、あんな不細工な振り方では当たるはずがないと思った。全然基本がなってない。まるで初めてバットを振ったかのような、そんな感じだった。

「まず振る前に左足を上げて、よくボールを見て、腕で振るんじゃなくて腰で振るんだよ」

「腰？　手でしょ普通」

「違うんだよ。腰なんだなあこれが。まあとにかく左足を上げてよくボール見て振ってみろ」

孝広は一球目と同じく大きく振りかぶるが、今度は少し力を抜いて投げてやった。

孝平は孝広に言われたとおり左足を上げ、タイミングを計ってバットを振った。

パン、という心地よい音がグラウンドに響き渡った。

見事ジャストミートし、センターのあたりまで飛んでいったのだ。

孝平は両手を挙げて飛んで喜ぶ。

「いいじゃんいいじゃん。じゃあバッター交代」

「やだやだやだ！　もう一回！」

「面倒臭え」

何が面倒臭いって、ボールを取りにいくのが自分だからだ。

孝広はボールを拾った場所から助走して、けっこう離れた場所から球を投じた。

カラーボールだからグニャリと変化し孝平は空振りする。それでも孝平は目を輝かせて、

「魔球だね兄ちゃん！」

と嬉しそうに言った。

その後も孝平の主導権のもと、孝広と陽介はピッチャーとキャッチャーを長々とやらされ、やっとバッターが回ってきたと思ったらすぐ交代で、結局二人とも孝平にいいように使われているだけだった。

「そろそろお昼ご飯食べに帰らないと」

ピッチャーをしていた陽介が校舎の時計を見ながら言った。

キャッチャー役の孝広は立ち上がって振り返る。

いつの間にか十二時を回っていた。

「お昼食べたらまたアソボ」

孝平が陽介に言った。

「雨降ってるし、今日はもうここで終わろ」

残念だけれど仕方ないか、と孝広は思う。

「明日晴れたらプール行こ、サカッチョ」

「うん、そうしよ」

孝広と陽介は校舎の入り口付近に置いてあるグローブを手に取り、その場で別れた。

ビショビショに濡れた陽介は、グローブを守るようにして走って帰っていった。

「どうする兄ちゃん、まだ野球やる?」

陽介が帰ったらそんな気分じゃなくなってしまった。

「俺も帰る。お昼ご飯食べないと」

孝広も陽介同様グローブが濡れないようにお腹のあたりで守りながら校舎をあとにした。

小雨の中、孝広は歩いて帰る。どうせビショビショなのだから走ったって意味がない。グローブが濡れなければそれでよかった。

相変わらず遠い向こうの空は綺麗に澄み渡っている。

雨を浴び続ける孝広は、お天道様に嫌われているとしか思えなかった。

ここ最近、自分がいるところにばかり雨が降る。孝広は自分が歩くと雨雲も一緒に移動しているのではないかとさえ思う。

後ろにはなぜか孝平がいる。

雨が降っているというのに機嫌よく鼻唄なんて歌っている。

まさかまだ一緒に遊ぶつもりだろうか。耳元でアソボと言ってくるのではないか。家までついてくるのではないか。孝広はあれこれ嫌な予感を抱くのだった。

雨の中孝平と遊ぶつもりはないけれど、二人きりになると孝広は一つだけ聞いてみた。

「なあ孝平」

足を止めて振り返った。

「なあに？」

「昨日お前が言ったことが全部本当だとして、何でわざわざこの世にやってきたんだよ」

陽介の前では聞けない質問だった。こんな馬鹿げたこと二人きりじゃないと聞けない。

「やっと兄ちゃん信じてくれたんだねオイラの話」

「別に信じてねえよ。ちょっと気になっただけ」

冷たく言い放つと孝平の顔がフグみたいに膨らんだ。怒っているらしい。

「分かった信じる。何でなの？」

優しくすると孝平はすぐ機嫌を直し、

「夢を見たんだ」

と言った。

「夢？」

「兄ちゃんがとっても苦しんでる夢」

孝平は『とっても』の部分をしつこいくらい強調して言った。

「俺が？　苦しんでる？」

「そ」

「いや、そ、じゃねえよ。何で苦しんでるんだよ。どこでだよ」

「さあ分からない。ただ苦しんでる夢を見たんだ。もしかしたら死んじゃうかもしれないよ」

言葉とは裏腹に孝平はまったくもって他人事の様子だった。

「だから気をつけるんだ兄ちゃん！」

気をつけろと言うわりには全然危機感のない言い方だ。

孝広は疑いの目を向け、

「お前俺をビビらせるために嘘ついてるな？」

「嘘なんかついてないよ。夢を見たのは本当なんだ！　信じてよ！」

孝広は神妙な面持ちで考え込む。

「てゆうか、わざわざそれを伝えにきたっていうの？」

「そ。だって死んじゃうかもしれないだろ？　伝えてあげないとさあ」

孝広は素早く視線をそらし、

「信じるもんかそんなもん」

吐き捨てるように言った。けれど言葉とは裏腹に孝広は孝平の予知夢が妙に不気味に感じるのだった。

「それより何で俺についてきてんだよ」

不安を振り払うように言った。

「まさかまた家に来ようってんじゃないだろうな？」

孝平は相変わらずの惚《とぼ》けた顔で、

「え、ダメなの？」

と言った。

「ダメに決まってんだろ」

「どうして？」

「どうしてって、そんなビショビショの奴入れられるわけないだろう」

「じゃあ兄ちゃんの洋服ちょうだい」

「ダアメ！　今日は家帰れ」

しっしと追い払うような動作を見せると、

「オイラは犬じゃないんだ！　それに何度も言ってるじゃないか。オイラはコドモランドからやってきたんだ。家なんかないよ」

必死に訴えてくるが、孝広はどうでもよかった。少し雨が強くなってきたのだ。

グローブを気にする仕草を見せると、

「傘持ってこようか？」

孝平が言った。

「持ってくる？」

「ほら、あそこにあるじゃないか」

孝平が指差したのはとある一戸建てで、玄関の前に一本の黒い傘が立てかけてある。

孝広はその一言で青ざめた。

「まさかお前昨日の赤い傘も盗んできたんじゃないか？」

低い声で問うた。

「盗んだんじゃないよ。持ってきたの」

「一緒だよ。てゆうかお前」

孝広は孝平が持っているプラスチックのバットとカラーボールに視線を落とす。

「それも盗んできたんじゃないのか？」

「学校のすぐ傍の家から持ってきた」

孝広は怒りを通り越して脱力した。

「何で勝手に持ってくるんだよ。いいか？　人の物を盗んじゃいけないいんだ。バットとボールの持ち主はどう思う？」

「だってさあ」

「だってじゃない。ちょっと来い」

孝広は孝平の右手を掴んで強引に引っ張る。

「どこ行くんだよ兄ちゃん」

孝広は無言のまま孝平を引きずっていく。

やがて孝広の住む団地に到着した。

「ここで待ってろ。お前が昨日盗んだ傘を持ってくる」

「持ってきてどうするのさ」

「返しにいくんだ。そのあとバットとボールも返しにいく」

「どうしてさ」

「どうしてって。他人の物勝手に持ってきたからだろ。ちゃんと返さなきゃ警察に捕まるぞ？　返すときにちゃんと謝るんだぞ」

「謝るだなんて。どうして謝るのさ」

「悪いことをしたからだ！　直接謝るのが怖いならそっと返して謝ればいいよ」

孝平は不満というよりも意味が分からないといった様子だ。

「とにかくここで待ってろ。傘持ってくるから」

孝広は急いで階段を上り、自分の家の前に着くと首にぶら下げている鍵で玄関扉を開け、玄関の棚に立てかけてある女性用の赤い傘を持って再び外に出た。

急いで鍵を閉める孝広は一瞬動きが止まり、ハッと後ろを振り返った。

孝広は愕然とした。

空の様子が激変しているからだ。

三階に到着したときは確かに空はまだ暗かった。雨が止みそうな気配はなく、それどころか雨足は強まっていたはずだ。

それなのに、眩しい太陽の光がさんさんと降り注いでいる。

まるで別の国に瞬間移動したみたいだった。

雨雲が一切ないのだ。遠くに流れているのなら納得できるけれど、溶けたみたいに、あるいは手品で消してしまったみたいになくなっている。

あの雨は幻？

そんなはずはない。髪も洋服もビショビショに濡れている。

滴を垂らしながら孝広は階段を下り、外に出た。

しかし孝平の姿はなかった。

風が吹くと同時にカラカラと音が鳴った。

盗んできたプラスチックのバットだ。カラーボールも一緒に転がっている。

孝平は隠れているのではなく逃げたのだ。地面に転がるバットとボールが証拠だった。


三十五度の炎天下の中、帽子も被らず、水着の入ったバッグを肩にかけて、プールの入り口の前に立つ孝広は校舎の時計を見た。

そろそろ約束の二時になる。

孝広は陽介を今か今かと待っているが、頭の片隅には孝平の存在があった。

あれから二十四時間以上経つけれど、孝平は今どこで何をしているのだろう。

けっこう強く怒ったからまだ拗ねているかもしれない。また怒られるのを恐れている可能性もある。

もしかしたらもう会いにこないかもしれない。孝広は何となくそんな気もするのだった。

あれこれ考えているうちに陽介がやってきた。暑さのせいか、それとも午前中園長にみっちり宿題をさせられたせいか、陽介は着くなりヘトヘトだった。

昨晩ふたば園に電話したときはあんなにはりきっていたのに今は別人のようだ。そんな陽介の姿がおかしかった。

孝広と陽介は早速中に入り受付をすませると狭い脱衣所で水着に着替えた。

二人はシャワーの水をかけたり身体をつねったりしてプールサイドに向かう。

プールには大勢の磯南小の児童がおり、皆キャッキャと騒いでいる。

孝広と陽介はバイトのお兄さんとお姉さんの目を盗んでプールに飛び込んだ。

一気に暑さから解放され、全身爽快感に包まれる。

孝広はザブンと深く潜り、鯨みたいに水を吐きながら飛び上がった。

「超最高！」

空に向かって叫んだ。

隣にいる陽介も気持ちよさそうだ。

二人は早速泳いだ。同じ位置からスタートして、向こう側に先に着いたのは陽介のほうだった。陽介は身体が重いはずなのになぜか水泳が得意だ。息も切れていない。

陸では十メートル走っただけでもゼエゼエなのに。

「他の奴らが邪魔なんだよなあ」

孝広は言い訳をするが、その後も陽介には一度も勝てなかった。

孝広は陽介の身体の構造が不思議でならない。言葉には決して出さないが、デブのはずなのに……！

孝広と陽介は競争しているうちに、いつしか鬼ごっこに変わっていた。決まって孝広が逃げる役だ。

鬼に捕まったら水の中に沈められてしまうというルールである。

陽介は毎回本気になって沈めようとしてくる。だからこそ面白い。

孝広は他の子どもたちをかきわけながら本気で逃げる。

バタバタと逃げる孝広とは対照的に、陽介は静かに潜水で追いかけてくる。余計に不気味だった。

陽介の手が足に触れた気がして孝広はゾッとする。振り返るとやはりすぐ傍まで迫ってきていた。

孝広は夢中になりすぎていて、突然空から雨が降ってきたことに気づかない。

陽介に右足を掴まれた孝広は激しく暴れる。

そのときだった。

孝広は前方にいた子どもと激突し、頭を打ったせいでクラリとよろけた。

相手は孝広よりもずっと年下の男子児童で、その男子児童も頭を強く打ち、気を失ったのか水中に沈んでいく。

プールサイドで笛が鳴った。

慌てて係員がやってきて男子児童を救出する。

辺りは静寂に包まれた。

プールサイドに寝かされた男子児童は係員たちの処置を受ける。

孝広は言いようのない恐怖感に襲われた。手足が震える。何かあったらどうしよう。

頭の中はそればかりで何もすることができなかった。

幸い、男子児童は無事意識を取り戻した。

その間何もできず、ただただ茫然と水の中で立ち尽くしていた孝広と陽介は心底安堵する。その場に崩れ落ちそうなほど力が抜けた。

そこに、白いTシャツに青い短パン姿の孝平が現れた。

プールサイドに立つ孝平は孝広の姿を発見するなりホッと息を吐いたのだった。


孝広と激突した男子児童は意識を取り戻したものの大事をとって病院に運ばれた。

男子児童が乗せられた車を見送った孝広と陽介は孝平に声をかけられ振り返る。

孝平は透明のビニール傘を差していた。

このとき初めて孝広は雨が降っていることに気づいたのだった。

「兄ちゃんじゃなくてよかったね」

無神経な言葉だが、孝広は孝平に怒る気力も湧かなかった。

「そんな言い方すんなよ」

「だって兄ちゃんだったら死んでたぜきっと」

隣にいる陽介が首を傾げた。

「サカッチョだったら死んでたって、どういうこと？」

孝広は陽介に背を向け、惚けたような表情を浮かべている孝平に、やめろやめろと目で合図する。しかし孝平は意味を理解せず、

「オイラ本気で心配したんだ。兄ちゃんに何かあったんじゃないかって。死ななくてよかったね兄ちゃん」

陽介をまったく気にせず脳天気にベラベラと喋った。

「分かった分かった」

孝広は陽介に背を向けたまま孝平に小声で告げる。

コソコソやっていると、

「サカッチョ」

陽介に声をかけられた。

陽介には元気がなく、

「今日はもう、帰るね」

力のない声で言った。相当責任を感じているらしかった。

「分かった。じゃあまた明日」

明日金曜日は野球チームの練習が午後からあるのだった。

陽介は孝広と孝平に背を向けると、雨の中トボトボと帰っていく。

後ろ姿を見つめていると、孝平に袖を引っ張られた。

「ねえねえ兄ちゃん」

孝広は振り返る。孝平が傘を差してくれていた。

「アソボ」

孝広は溜息しか出なかった。

「兄ちゃんの家行こ」

こんなときに、と呆れ果てる孝広は孝平の傘を見て言った。

「そんなことよりお前、またこの傘も人の家から持ってきたんだろう」

「うん、そうだよ」

孝平は悪びれた様子もなく当たり前のように言った。

しかし盗みを繰り返す人間とは思えないほど孝平は純真無垢な瞳をしている。

澄んだ瞳を見つめていると、こいつは悪いことをしているという認識が本当にないのではないかと孝広は思うのだった。

「孝平、俺と一緒に来い」

もしそうだとしたら、教えてやらなきゃいけないと孝広は思う。

「昨日の続きだったら行かないよお」

孝広はすぐに孝平の言葉の意味を理解した。

むろん、孝平が他人の家から盗んできた物は孝広の部屋に『保管』してある。しかし今日は昨日の続きをさせるつもりはなかった。

「分かったから来いよ」

優しい声色で言うと、孝平は信用したらしく、透明のビニール傘を差し出してきた。

「俺が持ってってか」

「当たり前だろ兄ちゃんなんだから」

孝広はお互いが濡れぬよう、孝平に歩調を合わせて歩いた。

自宅に着くなり孝広はバケツとタオルを用意して孝平の手足を念入りに拭いた。

「オイラ全然汚くないのになあ」

「外に出ただけで汚くなるんだ。雨が降ってたらなおさらだろう？」

拭き終わると孝平は機嫌よく、

「おじゃマンボウ」

と言って嬉しそうに廊下をバタバタと走っていく。そして仏壇に向かって、

「父ちゃん母ちゃん、ヤッホー」

と手を振った。

孝広は孝平の言動を怪訝に思いながら風呂場でバケツの水を流し、タオルを洗濯機に入れた。

「今日は何して遊ぼうかなあ」

リビングのほうから声が聞こえてきた。

「遊ぼうかなじゃないよ。お前に教えてやらなきゃいけないことがあるんだ」

孝広は言いながら風呂場を出た。しかし孝平はリビングにいない。

まさかと自分の部屋に向かうと、いた。

何をしてるのかと思えば、紙粘土を手に持っており、勝手に袋まで開けてしまっていた。

「おいおい何やってんだよ！」

「何してるって、今日は紙粘土で遊ぶことにしたんだ」

「馬鹿！　それは俺が図工の宿題で使うはずだった粘土だぞ！」

「まあまあいいじゃん」

孝平はそう言って勝手に机の前に座った。孝広は横に立ち、

「いいじゃんじゃねえよ。いいか？　人の物を勝手に使ったり、持ってきたりしちゃいけないんだ。犯罪なんだぞ？　警察の人に捕まっちゃうんだぞ？」

孝平はまったく聞いていない。真剣な顔つきで紙粘土をこねている。いつもふざけている孝平とは別人のようだった。

「何を、作るんだ？」

あまりに真剣になっているものだから孝広は遠慮してそっと問いかけた。だがやはり孝平は答えない。すっかり自分の世界に入っている。

粘土を柔らかくした孝平が何かを作り始めた。

丸い形から、だんだんと人のような形に変わっていく。

「人間を作るのか？」

「そう」

声も何だか別人のようだった。

孝広は自分でも分からないけれど妙に緊張した。

黙って孝平の指先を見つめる。

もしも自分なら、と孝広は頭の中で想像した。

もし自分が粘土で人間を表現したら、全然人間らしくない、ただの棒人間になって

いるだろう。

だが孝平は違った。孝広の想像と常識をはるかに超えていた。

指先や足先はもちろん、関節まで細かく作っていく。

孝広は思わず目を見張った。

「お前、上手いな」

無意識のうちに言葉が出ていた。

人間の形が出来上がると、孝平はもう一体人間を作り始めた。

二体目は一体目よりも太っていた。

二体目が完成すると、

「兄ちゃん、何か細くて尖ったものある？」

「細くて尖ったもの？」

孝広はパッと爪楊枝が思い浮かんだ。

キッチンに向かい、爪楊枝を容器の中から五本抜き取った。すっかり助手である。

部屋に戻った孝広は、

「これでいいか？」

と孝平に爪楊枝を渡した。

孝平は黙って爪楊枝を受け取ると尖端を頭部に向けて顔の表現に取りかかった。

目、鼻、口、耳。

指で調節しながら顔を作っていく。

二体目も同様に人間らしく仕上げていく。

「出来上がりか？」

はやる気持ちを抑えられず声に出した。

「まだ」

孝平は横顔を向けたまま首を振った。

今度は何を作るのだろうと見ていると、パチンコ玉くらいの球を作り、爪楊枝で模様を描いていく。

孝広はすぐに野球のボールだと分かった。

孝平は手を休めることなく次の作業に取りかかる。

またしても粘土を丸めてそれを親指で平べったくしていく。次いで形を整える。

まだ完成前だが、孝広は早い段階で孝平が何を作ろうとしているのか理解していた。

グローブだ。そうに違いない。

形が出来上がると、孝平は爪楊枝で模様を描く。

「あ、失敗した。左手作らなくてもよかったんだ」

孝平は独り言を言いながらグローブを作り上げていく。完成すると、一体目の左手をもぎ取ってそこにグローブをくっつけた。

孝平はすぐにもう一つグローブを作製する。

最初よりもちょっと大きめのグローブだ。

一体目と同様二体目の左手をもぎ取り、そこに完成したグローブをくっつけた。

孝平は一体目の右手にボールを握らせ、投げる直前のポーズを作る。どうやらピッチャーを表現しているらしい。

孝平は次いで二体目を手に取った。

グローブをはめている左手を前に伸ばし、両脚を曲げて屈ませた。

捕球のポーズだ。

「もしかして、これ俺か？」

孝広は自分を指差して言った。

「そ。で、キャッチャーがハシくん」

孝広は、キャッチャーが陽介であることが意外だった。

「孝平じゃないんだな」

「オイラよりハシくんのほうが兄ちゃん嬉しいだろ？」

何だか孝平の言葉が切なくて、孝広は何も言えなかった。

「真っ白じゃつまらないから、絵の具を使って色塗ろうか」

孝平の言葉を気にする孝広は少し反応が遅れた。

「ああ、そうだな」

机の引き出しから絵の具セットを取り出そうとすると、突然部屋の扉が開いた。

孝広は驚いて振り返る。まるで泥棒が家主に見つかったときのような、素早い反応だった。

部屋の扉を開けたのは京子だった。

「あら孝平くん、いらっしゃい」

「やあおばさん」

孝広は部屋の時計を見た。

いつの間にか五時半を回っている。

孝平の『作品作り』に没頭していたからあっという間だった。

「おかえりなさい」

「ただいま。あら、上手ね」

京子が孝平の作品を見て言った。

「オイラが作ったんだよ」

京子は一瞬驚いた様子を見せ、孝平の作品を間近で見る。

「すごいわね。よくできてる」

お世辞ではなく、京子は心底感動している様子だった。

「これから色を塗るんだ」

「これから？　遅くなっちゃうんじゃない？」

「今日は僕が家まで送るから大丈夫」

孝広が言った。

机の前に座る孝平がボソリと、

「『僕』って」

と言ってクスクスと笑った。

「そう。じゃあ私はご飯でも作ろうかしら。あまり遅くなっちゃダメよ」

部屋の扉が閉まると、孝広は改めて机の引き出しから絵の具セットを取り出した。すぐに準備を整え、孝平に筆とパレットを手渡す。

孝平は再び真剣な眼差しに変わり、白い人間に色をつけていく。絵の具の使い方も上手かった。

顔、髪、ボール、グローブ。部分部分丁寧に色づけしていく。紛れもなく子どもだが、孝広は何だか職人を見ているようだった。

細かい部分の色づけを終えた孝平は次に胴体に色をつけていく。孝平が選んだ色は緑だった。

なぜ緑色を使うんだろうと孝広は一瞬疑問に思うが聞くまでもなかった。

今日の服が緑色だからだ。

隣で見守る孝広は感心すると同時に、芸術の才能を持つ孝平を羨ましく思うのだった。

作品が全て完成したのは時計の針がちょうど六時半を差したころだった。

色がついたことでより作品のリアリティが増している。孝広は小学校で投球練習する自分たちの姿が頭に浮かんだ。

「孝平、お前すごいなあ」

素直に感動し、素直に褒めた。

すると孝平はいつもの笑顔でこう言ったのである。

「父ちゃんに似たんだね、オイラ」

孝広は驚きと動揺を隠せなかった。

気づけば机の棚に飾ってある、父親の作品を見ていた。

「兄ちゃん」

孝広はハッと孝平に視線を戻す。しかしまだ平静を取り戻せない。

口は動かすが言葉が出ない。

「兄ちゃんどうしたの？　固まってるよ。紙粘土みたいに」

孝広は孝平の冗談にも笑えなかった。

「ああ」

ポカンとした顔で返事をした。

「兄ちゃんまだ図工の宿題やってないんだろ？　これを持っていきなよ。きっと褒められるよ」

「あ、いや、でも」

だんだん正気を取り戻し、

「バレちまうよ。皆俺が図工苦手なの知ってるし」

やっとまともに喋れた。

「大丈夫大丈夫。ね？　そうしなよ！」

判断に迷っていると、またしても部屋の扉が開いた。

京子ではなく孝志である。

孝広は反射的に背筋を伸ばしていた。担任の教師の前でもこんなに姿勢は正さない。

孝志はいつものようにポロシャツにジーパン姿である。

それにしても今日はいつもよりずいぶん早いなと孝広は思った。

「おかえりなさい」

孝広は相変わらず表情が硬く、どこか他人行儀である。

「ただいま」

孝志のほうは自然な笑みだ。

「やあおじさん」

孝平が孝志に手を挙げて挨拶した。初対面のはずなのに全然距離感のない感じだった。

「あ、もしかしてこの前話に出た、孝平くん？」

「ピンポン正解！」

孝志も京子と同様すぐに孝平の作品に気づき、

「一緒に作ったのかい？」

二人に問うた。

「違うよ。オイラが最初から最後まで作ったんだ。兄ちゃんはただ見てただけえ」

孝志はへえと言いながら作品に近づきじっくりと眺める。

「上手いなあ。よくできてる。孝平くんは今いくつだっけ？」

孝平は考える仕草を見せ、

「オイラが死んだのって八年前だよね？　じゃあ八歳かな？」

孝平の言葉に孝志は困惑の表情を見せた。

そこへ京子がやってきた。

「ご飯できたんだけれど……」

　露骨に孝平を気にしながら言った。

「孝平くんも一緒に食べていくか？」

　孝志が提案するとすかさず京子が止めた。

「孝平くんのご両親が心配するわよ」

「大丈夫、俺がちゃんと家まで送るから。な？　孝平くん」

　ポカンと口を開けて二人を眺めていた孝平の表情がパッと明るくなった。

「いいの？」

　いつも以上に弾んだ声だった。

「いいよいいよ。じゃあお父さんかお母さんに連絡しなさい。坂本くんの家でご飯食べて帰るって」

　やったやったと飛び跳ねていた孝平の表情が一瞬にして曇った。

「オイラには父ちゃんと母ちゃんがいないんだから電話なんて無理だよ」

「何を言ってるんだ。さあさあ早く電話して」

　孝平は口を尖らせ、

「じゃあいい」

　と言って部屋を出た。

「ちょ、どこ行くんだよ」

孝広が声をかけると孝平は後ろ姿のまま、

「今日は帰るね」

と言って青いスニーカーを履いて玄関扉を開けた。

拗ねているのかと思ったらパッとこちらを振り返り、

「バイバイ兄ちゃん。まったねえ」

元気に手を振って玄関扉を閉めた。

孝志と京子が不思議そうに顔を見合わす。

少し遅れて孝広も玄関に向かった。

また傘を忘れているのだ。どこからか知らないが無断で持ってきたビニール傘。

「ちょっと、行ってきます」

孝広は二人に告げて家を出た。

廊下にはいないが、階段を下りる音が聞こえる。孝広は急いで下りて外に出た。

暗い中、雨粒に打たれながら小走りで帰る孝平の後ろ姿を見つけた。

孝広はビニール傘を広げて走り出す。

「おーい孝平」

孝平は一度で立ち止まり振り返る。

「兄ちゃん」

「傘忘れてるって。お前のじゃないけど」

何が面白いのか、孝平はアハハと笑っている。

「ハハハじゃねえよ。雨降ってんだから傘持っていけよ」

「帰るときはいらないもん」

孝広は意味深な言葉に気を取られる。頭を巡らせても理解できなかった。

「兄ちゃん」

引き寄せられるように孝平を見た。

「一緒にご飯食べたかったね」

残念そうな声色だった。

「まあ、そうだね」

素直な気持ちを伝えると孝平は満面の笑みを浮かべた。

「ところでさあ兄ちゃん」

「うん？」

「どうしておじさんとおばさんにいつもの兄ちゃんを見せないのさ」

「いつもの、俺？」

「何ていうか、その、三人を見ていると本当の家族じゃないみたいだよ？」

孝平が頑張って捻り出した表現は、孝広の中心を的確にとらえた。

本当の家族ではない。まさにそのとおりだと孝広は思う。

振り返る必要はなかった。最初から自覚しているから。

この八年間、自分から二人に話しかけたことはほとんどなく、食事のときはいつも静かで、休日は家にいる二人に気を遣ってきた。

仕方ないじゃないか、と孝広は心の中で言った。

二人が好きとか嫌いとか、そういう次元じゃない。

二人は本当の親ではないのだ。父さんと母さんに接していたときと同じ表情や声で接するなんてできない。

記憶を失わない限り、本当の親とは思えない。本当の親なんだって言い聞かせても、どうしても二人に遠慮してしまう。気を遣ってしまう。

「オイラ知ってるよ。兄ちゃん一度も二人のこと父さん母さんって呼んだことないね。仏壇の前ではいつも父さん母さんって話しかけてるのに」

そのとおりだ。孝広は二人に対して父さん母さんと呼んだことがない。用があるときはいつも『あの』である。

「てゆうか仏壇の前って。何でそんなことまで知ってるんだよ」

「だぁかぁらぁ、何度も言ってるだろう？　コドモランドからいつも見てたって」

到底信じられる話ではないけれど、孝広は動揺している自分に気づいた。

「兄ちゃん、二人のことちゃんと呼んであげなよ。二人とも寂しがってるよ。オイラたちの父ちゃんと母ちゃんも天国で頑張れって言ってるよ」

無理だ。恥ずかしいというか何というか。叔父さんと叔母さんにお父さんお母さんなんて言えるはずがない。

このままでいいんだ別に、と孝広は一人で結論づける。

「じゃあね兄ちゃん」

ハッと顔を上げたときすでに孝平は歩き出しており、前方のT字路を左に曲がった。孝広はすぐさま追いかけ同じくT字路を左に曲がる。

しかしすぐに追いかけるのを止めた。

追いかけようがないからである。

確かに左だったはずだ。それとも雨だから見間違えたか。

いやいやそんなはずはない。視力は左右共に一・五だ。ボケるにしたってまだ早すぎる。

孝広は混乱した。孝平の姿がどこにもないのだ。隠れる時間なんてなかった。ほんの数秒で追いついたのだから。どこかの住宅に忍び込んだ気配もない。どの家も門扉《もんぴ》が閉まっている。短時間で乗り越えられるわけがないし、開けて入ったとしても閉める時間なんてなかった。そんなような音だって聞こえなかった。

むろん孝平の姿は幻でも錯覚でもない。ほんの数秒前まで会話していたのだから。

消えた、という表現しか思い浮かばなかった。

孝広はふと空を見上げた。

雨が、止んでいる。

そのとき、孝広の脳裏に孝平の言葉が蘇った。

『帰るときはいらないもん』

孝広はここ数日を振り返る。

雨が降るときと止むときのタイミングだ。

とても偶然とは思えなかった。


足元の水たまりにポタリポタリと滴が落ちる。

真夏の夜空の下、孝広は暑さも忘れて何度も何度も振り返る。孝平との出会いから今日までの出来事を。

記憶を保存しているのがハードディスクだったらきっとエラーが出ているだろう。

それくらい孝広は巻き戻しと再生をしつこく繰り返した。

さすがに否定しきれない自分がいた。今更かもしれないけれど、孝平は嘘をついているような口ぶりではなかった。

ただあんな性格だ。何か嘘をついている可能性もある。

疑い出すと何が本当で何が嘘か分からずキリがなかった。

「おい孝平。俺が見えてるんだろ？　声も聞こえてるんだろう？　だったらもう一度出てこいよ」

孝広は言った直後夜空を見上げる。

そのまま五分くらい待ったか。孝平は現れない。

聞こえていないのか。いやいや意地悪してるような気がしてならなかった。

孝広は諦めて家路につく。

玄関前に着いた孝広はビニール傘を綺麗にたたみ、傘を手に持ったまま部屋に入った。

ダイニングテーブルに食事を並べていた京子が振り返る。

「あらずいぶん早かったのね」

靴を脱いで部屋に上がったものの、孝広はその場に立ち尽くす。

「どうしたの？　タアくん？」

孝広はハッと顔を上げる。

「何があったの？」

「あ、いや、その……」

リビングのソファでテレビを観ていた孝志が心配そうにやってきた。

「どうした？」

孝広は迷うが、話してみようと決心し、さっきの出来事を二人に話した。

その場にいなかった孝志と京子は孝広ほど驚きはしないが、二人とも何か考え込んでいる様子だった。

「どうか、したの？」

そっと二人に声をかけた。すると孝志が口を開いた。

「そんな話を聞くと、孝平くんがタカと京子に話したこと、本当なんじゃないかって思うんだよ」

孝志はこう続けた。

「俺も京子もあえてタカには話さなかったんだけれど、実は生まれてくるはずだったタカの弟の名前――」

「孝平だったの？」

「実際生まれてきたらどうなってたか分からないけれど、孝平って名前がいいんじゃないかって話してたんだ、二人とも」

四歳だった孝広はまったく憶えていない。

いや憶えていないのではなく、知らされていなかったんだと思う。

「あのとき黙っててごめんね」

京子が言った。

孝平が初めてやってきた日のことを言っているのだ。

孝平という名前を聞いて驚いたのはそのためだったのかと孝広は納得した。

孝広はフラリフラリと自分の部屋に向かい、紙粘土で表現された自分と陽介の姿をぼんやりと見つめる。

引きつけられるように、父親が作ってくれた素焼きの茶碗と黒いマグカップを見た。

『父ちゃんに似たんだね、オイラ』

孝平の無邪気な声と、作品を作る横顔が脳裏に浮かぶ。

本当に俺の弟なの？

自問する孝広は死んだ二人にも問いかける。

生まれてくるはずだった弟って、そっちにいないの？

天国との交信を試みる孝広は、今なら二人の声が聞こえるような気がしたのだけれど、やはり回線が繋がることはなかった。

それなら夢の中で待っているから教えにきて、と孝広は天国にいる二人に告げたのだった。

肌が焦げつきそうなほど強烈な日射しが照りつける磯南小のグラウンドに、威勢のいいかけ声が響き渡る。

磯子ドルフィンズのメンバーである。

この日、レギュラーである孝広や陽介たちを中心に猛特訓が繰り広げられていた。皆いつも以上に声を出し、顔つきも真剣そのものである。

むろん、明後日の公式戦に勝つためである。

皆公式戦に向け気合い十分だった。

孝広は主に走り込みと投球練習。

陽介のほうはひたすらキャッチングの特訓だ。

練習は午後一時から始まり、気づけば四時を回ろうとしている。

練習に集中する孝広は暑さも疲れも感じていないが、監督のほうから休憩の指示が出た。

十五分後、紅白試合を行うとのことである。

孝広たちは一斉に校舎の陰に隠れた。

皆それぞれ持参した水筒を手に取り水分補給する中、陽介だけがスナック菓子を食べている。飲み物は水道水だ。

いつものことである。

いつもなら孝広は陽介に突っ込みを入れるのだが、この日はじっと青空を眺めていた。

そういえば孝平の奴やってこないなあと思う。練習中の今来られても困るのだけれど。

来ないといえば、昨晩二人とも待ち合わせ場所に来てくれなかった。

待ち合わせ場所といっても夢の中だから場所がコロコロ変わってよく分からなかったのだけれど。

「サカッチョどうしたの？」

陽介が指をピチャピチャ舐めながら言った。

孝広は陽介を一瞥し、

「うん」

とうなずく。

「どうしたんだよう」

今まで孝平の話はもちろん、存在すら信じていなかったから陽介には話さなかったけれど、昨晩の出来事で心境に変化があった孝広は陽介にも話してみようと思った。

「ハシくん、実はさあ……」

孝広は与えられた時間の中で、孝平が自分に話したことや、孝平が現れるときといなくなるときに起こる不可思議な現象、それに昨晩の出来事、全てを話した。

全てを知った陽介は驚くことはなく、

「じゃあ本当なんじゃない？」

拍子抜けするほどあっさりとした口調で言った。

「孝平くんはきっとサカッチョの弟なんだよ」

「いやでもさあ、普通信じられないじゃん？　別の世界からやってきたなんて」

「そんなこともあるんじゃない？」

簡単に信じるんだなあと孝広は思う。正直、もっと驚いてほしかった。もっと疑ってほしかった。

「それでサカッチョは、何を悩んでいるの？」

そう聞かれると答えに迷う。悩んでいるわけではないのだ。

孝平の正体について深く考えているだけなのだけれど、こうあっさりと肯定されてしまうと孝広は何も言うことがない。

グラウンドのほうからパンパンと手を叩く音が聞こえた。監督が集合をかけている。

孝広と陽介はグローブを手にして立ち上がる。

そのときだった。

突如辺り一面が暗くなった。

空を気にしていた孝広はその瞬間を見た。

雨雲が流れてやってくるのではなく、上から下に舞い降りてくるといった不自然な変化であった。

来る、と思ったときにはすでに雨が降り出していた。他のチームメイトが一斉に溜息を吐く。雨に怒り出す子もいた。

奴も来るぞ来るぞ、と待ちかまえてからおよそ一分後のことである。

大きな黒い傘を持った孝平が現れた。

いつも傘は違えど格好は同じである。

やっぱりそうだ。孝平が現れると必ず雨が降る。


摩訶不思議な現象であるが孝広は驚くことはなかった。

それよりもグラウンド状態が気がかりだった。今はまだ問題ないけれど、このまま降り続ければ地面がぬかるんで紅白戦ができなくなる。

孝平が現れれば雨が降り、いなくなれば雨が止む。

それはつまり天気を操れる、という意味でもある。

幸い雨はさほど強くない。

孝広は急いで孝平のもとに走った。

孝広とは対照的に孝平は「やあ兄ちゃん」と手を振って呑気なものだった。

孝広は黒い傘の中に入るなり、

「何しに来たんだよ」

冷たい態度で言った。

「何しに来たって、兄ちゃんに会いに来たんだよ」

孝平は続けてこう言った。

「夢の話忘れたの？　オイラ兄ちゃんが心配なんだよ。死んじゃうんじゃないかってさあ」

孝広はすっかり孝平の予知夢のことを忘れていた。

「野球の練習で何で死ぬんだよ！」

あくまで夢だから気にする必要はないと自分に言い聞かせるものの、孝広はやはり不安になるのだった。

それにしても孝平は心配と言うわりには心配そうな様子ではない。

孝広は不気味に感じる一方で、嘘を言っているのではないかという疑念を抱いた。

孝平はそんな奴だ。人を不安にさせて楽しんでいるのかもしれない。

少し遅れて陽介がやってきた。傘が大きいから三人でも何とか濡れずにすんだ。しかし孝広はそんなことなどどうでもいい。濡れないという安心感ではなく罪悪感を抱いている。自分を雨から守っている傘は見知らぬ誰かの傘なのだから。

「また勝手に他人の傘盗んできてさあ」

孝広が叱っても孝平は相変わらず反省の色がなかった。

「これオイラのだよ?」

と見え見えの嘘をついた。

「嘘はいいんだよ。それより孝平、これから紅白戦があるんだ。今日は……」

孝広は何と表現したらいいのか迷う。

「今日は……消えてくれ」

それしか思い浮かばなかった。

「消えるぅ?　消えるってなぁにぃ?」

孝広は孝平が惚けているのがすぐに分かった。

「お前が現れると必ず雨が降る！」

ズバリ言うと、孝平の表情から笑みが消えた。

「今だってそうだ。あんなに晴れていたのに雨になったじゃないか」

孝平は珍しく真剣に人の話を聞いている。

と思ったら舌をベエと出して笑ったのだった。

「あ、バレた？」

孝広は膝から崩れ落ちそうになった。

「バレた？　じゃねえよ。この雨小僧が！」

「子どもだから雨小僧ね！　うんうん、兄ちゃんなかなかいいセンスしてるね」

「感心してる場合か！」

「兄ちゃんの言うとおり、オイラが現れると雨が降るんだよねえ。雨が好きなわけじゃないのに。何でだろ？」

「俺が知るわけないだろ。とにかくこれから紅白戦があるんだよ。明後日大事な試合があるから練習したいんだ」

試合に対する強い気持ちを伝えた。

孝平は腕を組み、

「仕方ないなあ」

生意気な態度で言った。

「いいよ。分かった。今日はいなくなってあげるよ」

孝広は心底ホッとする。

「あ、そうだ、傘ちゃんと返していけよ」

「はいはい分かった分かった。じゃあね兄ちゃん、ハシくん」

孝平が振り返った刹那、

「あ、そうだ孝平くん」

陽介が呼び止めた。

「何？」

「明日なんだけどさあ」

陽介が何を言おうとしているのか瞬時に察した孝広は、

「ダメダメ、ハシくん」

すかさず止めた。

明日の土曜日、近所の花園神社で夏祭りが行われる予定になっていて、孝広はふたば園で暮らす皆と一緒に行く約束をしているのだ。

「何がダメなのサカッチョ？　お祭りに誘おうと思ってるんだけど？」

だからそれがダメなんだって、と孝広は心の中で言った。上手く誤魔化す方法はないかと模索するけれど、

「何々？　お祭りって」

やはり食いついてきた。孝平は目を輝かせて陽介に聞き返した。

「明日花園神社で夏祭りがあって皆で行くんだ。孝平くんも一緒に行こうよ」

孝広は陽介の袖を引っ張り、

「さっきの話聞いてなかったの？　孝平が現れると雨が降るんだってば！」

耳元で囁いた。

「兄ちゃん聞こえてるよ」

孝平が目を細めて言った。

「まああサカッチョ。今みたいな少しくらいの雨なら大丈夫だよ。去年だって雨降ってたけど中止にはならなかったよ？」

孝広は陽介に宥められても素直にそうだねとは言えなかった。

「それはちょっとの雨だったからだよお。それに明日も小雨とは限らないよ？　孝平が現れたら雨が降るのは確かだけど、どんな雨かは分からないんだから」

隣でやり取りを聞いていた孝平が、

「ねちねちネチネチうるさいなあ兄ちゃんは」

ボソリと言った。

孝平は孝広に間を与えず、

「じゃあ明日ね！」

と手を挙げた。

陽介も陽介である。

「六時に花園神社だよ」

孝平にわざわざ時間を伝えたのであった。

孝平は陽介にうんと返事をしてグラウンドをあとにする。

やがて黒い傘が見えなくなった。

それから間もなく、雨雲は消え去った。

同時に太陽が顔を出し、夏の日射しが再び照りつける。

孝広は目が覚めたようにハッと空を見た。

分かってはいるが、孝広はやはり不思議に思うのだった。

特に今日はその思いが強かった。

雨が降り出してから元の天気に復活するまでの時間が短かったから、孝広は何だか孝平とのひとときが夢の中、あるいは幻だったのではないかと感じるのだった。


翌日、孝広は少し早めに家を出た。コツコツ貯めたお小遣いを握りしめて。

左手には傘。むろん自分の傘だ。孝平が他人の家から持ってきた二本の傘は部屋に保管してある。もちろんプラスチックのバットとカラーボールもだ。

孝広は孝平が現れるのを想定して傘を持ってきたのではない。すでに雨が降っているのだ。

この日、午前中は晴天だったものの午後から曇り出し、五時ごろからポツポツと小雨が降り出した。

雨が降り出したとき、部屋の中で空を眺めていた孝広は孝平の姿が脳裏を過ったが、孝平の仕業ではなさそうだった。

急に雨が降ってきたのではなく、この日は午後から雨が降りそうな気配があったのだ。

ごくごく自然な変化であったし、何より天気予報が、『午後からの降水確率六十パーセント』と伝えていた。

今日以上に明日の天気が気になるところであるが、今のところ明日の天気は曇りと微妙だ。降水確率も五十パーセントと曖昧である。

孝広は最初傘を差していたが、盆踊りの曲が聞こえてきたころには目にさえ見えないほどの糠雨《ぬかあめ》になっていた。

花園神社の周りはすでに多くの人たちで賑わっている。傘を差している者は一人もいない。というより、傘なんて差せる状況ではなかった。

境内はもちろん、歩道にまでズラリと屋台が並んでいた。

一足先に花園神社にやってきた孝広は鳥居前で陽介たちがやってくるのを待つ。

期待を裏切って孝平が先に雨とともにやってくるんだろうなあと孝広は予想してい

たが、先にやってきたのは陽介たちであった。よかった。

見る限り園長はいない。

十六歳の年長者、亜紀子《あきこ》を先頭にふたば園で暮らす子どもたちがやってくる。

陽介は亜紀子の隣にいた。弟分である勇気と、陽介に一番懐いている千夏と手を繋ぎながら。

「こんばんは坂本くん」

先頭に立つ亜紀子が足を止めて言った。

「こんばんは」

孝広は礼儀正しく挨拶し、次いで陽介にやあと手を挙げた。

両手が塞がっている陽介に代わって勇気と千夏が手を挙げる。

「小遣い持ってきたかあ？　サカッチョ」

やんちゃ坊主の勇気が言った。

生意気な奴め、と孝広は思う。何だか孝平を見ているみたいだった。

「ところで孝平くんは？」

陽介が周囲を見回しながら言った。

孝広は陽介にまだと一言返す。

「待ってようか」

「いやいいよ。先行こ。どこかで会うでしょ」

孝広は鳥居をくぐり境内に歩を進める。陽介たちも後ろからゾロゾロとついてくる。

高校生の亜紀子は盆踊りをじっくり楽しみたい様子で、他のチビたちが屋台屋台、と足を止めるのを許さなかった。

小六の孝広も屋台派である。当然陽介もだ。

屋台屋台と騒ぐ子供たちに年長者の亜紀子が「五百円までよ」と言った。

五百円だと食べ物を一つか二つ買ったら終わりである。射的や輪投げやくじ引きだったらたった一回しか遊べない。

だから皆真剣だった。

陽介は当然食べ物にしか興味がない様子である。

孝広もそうだ。しかし陽介とは少し訳が違う。祭りの射的や輪投げやくじ引きといった類は一切信用ならないからだ。

全部一等なんて獲得できない仕組みになっていて、九割以上が外れだと確信している。

ふたば園の子どもたちも小さいながらにそれを心得ているのだろう、全員食べ物にしか興味を示さない。

他の子どもたちみたいにお面や光る腕輪といったオモチャ類すら欲しがらなかった

のがその証拠である。

きっと無駄だと思っているに違いなかった。ふたば園の子どもたちは他の子どもたちよりもお金のありがたみと大事さを知っている。

孝広の隣を歩く陽介はすでに手羽先ギョウザを頬張っていた。勇気は焼きそば。千夏はチョコバナナだ。

境内を一周した孝広たちはいったん境内を出て歩道にズラリと並んでいる屋台のほうに進んでいく。

まだ何も買っていない孝広は『山芋の磯辺揚げ』と書かれた屋台に注目した。

珍しいなと歩を進め、山芋を揚げているおじちゃんに声をかけた。

五百円を支払い、パックに入った山芋の磯辺揚げを受け取る。

早速一口食べてみる。

甘辛ダレが利いててめちゃめちゃ美味しい。大当たりだった。

幸福感に満たされる孝広であるが、すぐにその表情から笑みが消えた。

またしても小雨が降ってきたのだ。まさに水を差された気分だった。

孝広は孝平が現れた雰囲気を感じ取るが、五分経っても十分経っても孝平は現れない。

それでもまったく気にしなかった。こんな人混みだから孝平のほうもなかなか見つけられずにいるのだろう。もっともこの雨は孝平とは関係のない雨かもしれないのだから。

　どうやら孝平が降らせているわけではないらしい。孝広がそう確信したのは再び小雨が降り出してから三十分ほどが経過したころだった。

　孝広はそれならそれでよかった。孝平が現れたら大雨になる可能性だってあるのだから。

　孝広は孝平のことなど忘れて陽介たちと祭りを楽しむ。あまりお金はないけれど、仲間たちと歩いているだけで楽しかった。

「水飴でも食べようかなあ」

　隣を歩く陽介がボソリと言った。

「いいなぁいいなぁ、俺も食べたい」

「私も食べたい！」

　勇気と千夏が陽介のあとに続いた。

「千夏は買えるけど勇気は焼きそばで五百円使っちゃっただろ？」

　陽介が兄貴らしく言った。普段は頼りないけれど、ふたば園ではしっかりお兄ちゃんをやっているんだなあと孝広は思う。

　微笑ましい光景を眺める孝広はポケットの中から五百円を取り出した。これが全財産だ。水飴は一つ二百円。

残念がる勇気を見ていると放っておけなかった。

一緒に勇気の分も買ってやろう。それでもまだ百円残るのだから。

「勇気」

声をかけた、そのときである。

後ろのほうからキャッと女の子の小さな悲鳴が聞こえ、孝広たちは即座に振り返った。

多くの人たちがざわついているが、人が多すぎて何が起こったのか孝広たちには分からなかった。

「行ってみようか」

歩き出すと、今度は大勢の人たちが左右に分かれて道を作った。

人混みから、孝平の姿が現れた。

こんなに人が溢れているにもかかわらず自転車に乗って。

迷惑極まりない孝平に対し皆白い目を向けている。

自分に対しても非難の目を向けられそうで、孝広は思わず顔を背けた。

孝平が乗っているのは子ども用自転車であり、確実に盗んできた物である。

前カゴには大量の花火。

全てに値札がついていた。

「後ろで何があったの？」

孝広よりも先に陽介が孝平に尋ねた。

孝平は首を傾げ、

「さあ知らない」

と答えた。

「それよりも孝平、お前」

孝広はいつも以上に厳しく迫る。しかし孝平は一瞥もくれず、

「皆これから一緒に花火やろうぜ！」

ふたば園の子どもたちに向けて言った。

陽介以外皆孝平とは初対面だが、幼い子どもたちには関係ない。花火ができると聞いて大はしゃぎだった。

「花火をやりたい奴はオイラについてこい！」

孝広は間髪いれず、

「待て」

孝平を止めるが、孝平は無視して行ってしまった。その後ろをふたば園の子どもたちが走ってついていく。花火が盗品であることなど知る由もなく。

慌てて亜紀子が追う。

孝広も行かないわけにはいかなかった。


孝平が選んだのは、孝広と孝平が初めて出会った近所の公園だった。

自転車に乗る孝平は一足先に着いて皆を待っていた。

孝平のもとに一番乗りしたのは勇気だった。

孝広が到着したころにはすでに勇気が手持ち花火で遊んでいた。青い炎が勢いよく噴射するタイプだ。

ふたば園の子どもたちは雨であろうが関係なかった。孝平を取り囲み、手持ち花火を受け取る。

千夏が手持ち花火の先端を孝平に向けた。

孝平がチャッカマンを持っているからだ。

あれも盗んできた物か、と孝広は思う。

しかしさっきとは違いすぐに詰め寄ることはしなかった。

孝平の様子が明らかにおかしいからである。

皆と一緒に笑ってはいるけれど、なぜか自分は花火で遊ばない。自分がやりたくて盗んできたはずなのに。

もっと変なのは、こちらを一切見ないことだった。皆の花火の光が照明となっているからハッキリと分かる。孝平はなぜかずっと無視している。

どんなときだって脳天気に、兄ちゃん兄ちゃんと駆け寄ってきた孝平が、である。

孝広は孝平に歩み寄る。歩み寄っても孝平はチラリとも見なかった。

「なあ孝平」

低い声色で問いかけた。

しかし孝平は無視である。

孝広は盗みを繰り返す孝平に怒りと不満を抱いているが、ここで晒《さら》し者にするつもりはない。空気だって壊してしまう。

ただ一言、

「どうして分かってくれないんだよ」

悲しみが交じったような声で言った。

孝平は無言のままである。

孝広は苛立つが、同時に孝平が心配になってきた。

「どうしたんだよ」

問いかけても孝平は答えない。

「サカッチョ！」

背後から陽介に声をかけられ振り返る。

いつしか陽介も手持ち花火で楽しんでいた。

「ほらほらサカッチョも一緒にやろうよ。雨の中の花火もなかなかいいよ！」

孝広は陽介に花火を持たされ、陽介の花火から点火した。

小雨の降る中、手持ち花火が七色に変化する。

明るい光とは対照的に、孝広は暗かった。

目を眩ませながら、横にいるはずの孝平に言った。

「明日野球の試合があるんだ。頼むから邪魔しないでくれよな」

あっという間に火が消えて、同時に心の中で燃えていた火も消え去った孝広は孝平に背を向けた。

突然どこからか女の子の泣き声がした。

すぐさま亜紀子が泣き声のするほうに駆け寄る。孝広と陽介も一緒に向かう。

泣いているのは四歳の美羽《みわ》という子だった。どうやら転んで足をすりむいたらしい。

その程度でよかったと孝広は安心する。

安堵したのも束の間、

「サカッチョ」

勇気に声をかけられた。

なぜか、勇気がチャッカマンを持っている。

孝広はハッと公園内を見渡す。

どこにも孝平の姿はなかった。

「じゃあね、だって」

勇気が孝広に伝えた。

孝広は孝平が一昨日みたいに消えたのではなく、どこかへ行ったのだと確信した。

自転車がないし、何よりまだ雨が降っている。

孝広は陽介たちとサヨナラしたあとも公園内で孝平が戻ってくるのを待っていたが、いくら待っても孝平は戻ってこなかった……。


翌朝目が覚めると外は雨だった。

時刻は七時。試合開始は九時だ。

雨天決行かどうか微妙な雨量だが、起きてから間もなく野球チームの監督から連絡があり、試合は次の土曜日に延期になったと伝えられた。

孝広はこの日がやってくるのを誰よりも待ち望んでいたが、雨を恨んではいない。憂鬱なだけである。でもそれも雨のせいではない。

試合は中止ではないのだ。

むしろよかったと思う。

こんなモヤモヤとした状態では試合に集中なんてできなかった。

窓際に立ち雨を眺める孝広は孝平を想う。

この雨は孝平が降らせている雨なのだろうか。

だとしたら今どこにいる?

昨晩の孝平は明らかにおかしかった。

一体何があったんだろう。

ただ嫌いになっただけ。孝広は孝平が自分に対してそう言っている姿を想像するが、そんな簡単な理由じゃないと思う。逆にそれくらいの理由であってほしいと孝広は思う。

嫌な予感がするのだ。もっともっと重大なことのような気がする。

気持ちを落ち着かせようとベッドに横になるけれど、心臓の強い鼓動は一向に収まらない。何かを告げているように。

部屋に閉じこもったまま約四時間が過ぎた。

ただいま、と言う京子の声が聞こえてきた。おかえり。孝志の声である。

今日は二人とも休みだ。玄関のほうからビニール袋の音がする。きっと買い物から帰ってきたのだろう。

おかえりなさいの一言を伝えにいこうとベッドから起き上がると扉がノックされた。

はい、と返事をすると京子が部屋の中に入ってきた。

「あ、おかえりなさい」

今知ったような素振りをした。

これからお昼ご飯作るからね。

そう伝えにきたのであろうと孝広は思い込んでいたのだが、そうではなかった。

京子の表情を見れば分かる。

いつも明るい京子の顔に笑みはなく、深刻そうな面持ちなのだ。

「さっきスーパーで隣の奥さんに会ったの。隣のご主人、昨日のお祭りの役員をしてたそうなんだけど、昨日自転車に乗った男の子と九歳の女の子がぶつかって、女の子が救急車で病院に運ばれたそうね。タアくん知ってた？」

孝広は愕然として色を失った。

あのときだ。女の子の小さな悲鳴が聞こえたとき。

女の子とぶつかったのは紛れもなく孝平だ。自転車に乗っていた子どもなんて他にはいなかった。

「その子、どうなっちゃったの？」

恐る恐る聞いた。

「頭を打ったらしくて今も入院しているらしいんだけど、幸い頭には異常なかったって。ただ、右手首を骨折しちゃったそうよ」

バカヤロウ！

孝広は心の中で叫び部屋を飛び出た。

靴を履いて家を出る。

階段を下りている最中傘を忘れたことに気づくがどうでもよかった。

一階まで下りた孝広は走って外に出る。

いた。

まるで孝広が外に出てくるのを待っていたかのように、雨の中で緑色の傘を差してこちらを見ている孝平の姿があった。

近づいたら逃げるかもしれない、と孝広は考えていたが、孝平は逃げなかった。ただ目の前までやってくると傘を下げてうつむいた。

孝広は孝平が差す緑色の傘には入らず、

「今まで何してたんだよ」

怒気のこもった口調で問うた。しかし孝平は無言である。

「叔母さんから聞いた。昨夜《ゆうべ》のお祭りで、自転車に乗っていた男の子と女の子がぶつかって女の子が病院に運ばれたって」

「……」

「自転車に乗っていた男の子って孝平、お前だよな？」

「……」

「頭を打って、頭には異常がなかったけれど、右手首を骨折しちゃったって」

孝広のその言葉に孝平はハッと顔を上げた。

「なぜ逃げたんだよ孝平。なぜ知らんぷりしたんだよ！」

「……」

興奮する孝広は孝平が黙っているのが許せなくて、

「卑怯者！」

厳しく言い放った。

「いいか孝平、悪いことをしたときや、相手を傷つけてしまったときは謝らなければいけないいんだ！」

「……」

聞いているのか、と叫ぼうとした矢先、

「いつもそうだ」

孝平がボソリと言った。

「いつもいつもいつもいつも！」

「何がいつもなんだよ」

「いっつも兄ちゃんはオイラを叱ってばかり！　褒めてくれたのなんて一度しかない！」

孝広は心臓を貫かれた思いだった。

「それはお前がいつも悪いことをするからじゃないか」

気持ちを鎮めて説得しても無駄だった。

「オイラだってぶつかりたくてぶつかったんじゃないや！」

孝平はすでに走り出しており、やがて孝広の視界から姿を消した。

しかし雨が止むことはなかった。


ずっとずっと雨は降り続けた。

月曜日になっても。火曜日になっても。

絶え間なく。暗い雨がずっとずっと。

木曜日も、金曜日も、休むことなく雨は降り続け、孝平が近くにいると信じていた孝広は何度も何度も外に出ては孝平の名を叫んだが、孝平は孝広の前に姿を現さなかった。

そして、試合当日の朝を迎えた。

天気予報など関係なく、土曜日も雨が降り続けるだろうと思っていたのだが、目が覚めると雨は止んでおり、約一週間ぶりに綺麗な青空が広がっていた。

孝平は今『この世』にいない。『コドモランド』にいるらしかった。

試合が土曜に変更になったことを、孝平には伝えていないはずなのに。

孝広は試合に行く準備をし、家を出た。家を出る際叔父と叔母の二人が、応援に行くからね、と言ってくれた。

孝広はふたば園で陽介と合流し、集合場所である磯南小に向かった。

試合が行われるのは磯南小から歩いて十五分ほどのところにある市立球場だ。

全員が揃うと、磯子ドルフィンズのメンバーは監督を先頭に市立球場に向かった。

この日、市立球場では三試合行われる予定になっており、孝広たちは第一試合に出場する。

今日の相手は本牧シーガルズだ。

磯子ドルフィンズと同様無名の弱小チームだ。

相手チームはすでに到着しておりグラウンドでウォーミングアップをしている。

チームメイトは皆相手チームの動きを熱心に見つめているが、孝広は別の場所に目を向けていた。

スタンドの応援席である。

無意識のうちに孝平の姿を捜していた。

こんなにも綺麗に晴れ渡っているのだから、いるはずがないのだけれど……。

孝広は心のどこかで、孝平＝雨という法則が崩れれば、という思いを抱いている。

やがて監督からウォーミングアップの指示が出され、孝広は陽介とペアを組んで柔軟体操を始めた。次いでキャッチボールをして肩を慣らした。

試合開始十五分前、監督からベンチに集まるよう指示が出され、孝広たちは監督から今日のスターティングメンバーを告げられた。

一番に孝広が呼ばれ、次に陽介が呼ばれた。

孝広は自分と陽介の名が呼ばれて心底安堵した。

陽介とのバッテリーだ。

孝広とは対照的に、陽介は不安そうな様子を見せている。むろん、二人がレギュラーになって以来まだ一度も勝ったことがないからである。

孝広はそんな陽介の肩を叩いて気合いを注入した。

「大丈夫だよハシくん。絶対勝てる！」

陽介はそれでも自信が持てないといった様子だが、緊張はほぐれたらしく、

「うん。勝とう！」

いつもの笑顔で言った。

間もなく、球審から両チームに整列の指示が出された。

すでに両チームの応援席は満席で、選手たちに大きな声援が送られる。

孝広たちは相手チームと挨拶し、いったんベンチに戻った。

先攻は磯子ドルフィンズだ。

相手ピッチャーは五年生で、投球練習を見る限りストレートは八十キロ前後とさほど速くなく、変化球にもキレはなかった。

間もなく試合開始が球審から告げられた。

このときにはもう孝広の頭の中には孝平の姿はなく、バッターボックスに立つ仲間に声援を送る。

先頭打者がフォアボールで出塁し、続く二番がバントで送った。

一回からチャンスであったが、三番四番と凡退し一回表が終了した。

相手の守備と入れ替わって、磯子ドルフィンズのメンバーが守備につく。

ピッチャーマウンドに立つと、孝志と京子の声援が聞こえてきた。二人の隣にはふたば園の園長や子どもたちがいた。

孝広は陽介を真っ直ぐに見つめ、強くうなずく。

勝ちたいし、勝たなければならない。陽介とのバッテリーでも勝利できるというのを証明したい。

相手の先頭打者がバッターボックスに立った。

陽介のサインはカーブだ。

孝広は基本陽介のサインに首は振らない。でもこのときだけは首を振った。

初球から弱気な投球はしたくない。ここはストレートだ。

首を振るとストレートのサインが陽介から出された。

孝広は首を縦に振り、大きく振りかぶる。そして渾身のストレートをインコースに放った。

相手は初球から振ってきた。

当てられるも打球は弱く、ボテボテのピッチャーゴロに打ち取った。

先頭打者を力でねじ伏せ大きな自信をつけた孝広は、続く二番を内野ゴロ、三番を三球三振に仕留めた。孝広は陽介とグローブを合わせベンチに戻った。

二回表、磯子ドルフィンズは五番からの好打順であるがあっさり二つのアウトを取られ、七番打者の孝広がバッターボックスに向かった。

皆から声援を送られるが応援席には目もくれず、まるで獲物を狙うような鋭い目で相手投手を見た。

孝広の威圧に怯んだか、一球目は外角に外れてボール。二球目、三球目もボールだった。

次だ、と孝広は四球目に狙いを定める。

ツーアウトとはいえピッチャーはフォアボールを出したくない。次は必ずストレートがど真ん中にくる。

狙いどおりだった。

相手のバッテリーは孝広が一球見ると思い込んでいたらしいが、孝広はチャンスを逃さなかった。

カキンと金属バットの音が球場に響いた。

孝広が放った球はセンター方向に飛び、センターの頭上を越えた。

応援席が沸いた。

孝広は一塁を蹴り二塁へ向かう。楽々セーフだった。

ツーアウト二塁。追い込まれてからのチャンスであった。

しかし相手は余裕の表情である。

次の打者が陽介だから。

あんな太った八番打者に打たれるはずがない、と思っているらしい。

仲間もそうだ。誰も期待していない。

本気で期待しているのは孝広とふたば園の園長や子どもたちだけだった。

陽介がバッターボックスに立った。

相当プレッシャーを感じているらしく、打席に立つ足が震えている。

「ハシくん落ち着いて。打てる打てる！」

二塁ベースから声をかけると二塁手がケラケラと笑った。

陽介と目が合った孝広は振っていけというジェスチャーを見せた。

初球だ。

ピッチャーは陽介を舐めている。三球連続ど真ん中でくる。

思いが通じたのか定かではないが、陽介が小さくうなずいた。

キャッチャーからサインが出され、相手投手が首を縦に振る。

セットポジションから一球目を投じた。

ど真ん中のストレートだ。

「打て！」

孝広は思わず声に出していた。

その声に背中を押されたように、陽介がバットを振り下ろした。

芯に当たったボールはレフト方向に飛んでいき、レフトの手前でポトリと落ちた。

孝広は陽介が打った瞬間から走っており、レフトが送球したころにはホームベースに到達していた。

ホームに生還した孝広は一塁ベースでゼエゼエ息を切らしている陽介にガッツポーズを送る。

思えば、陽介がタイムリーを放ったのはこれが初めてではないか？

孝広は自分のことのように喜んだ。

応援席にいる園長や子どもたちはもちろん、ベンチにいる仲間たちも大喜びだ。

興奮冷めやらぬ中、九番打者が打席に立った。

またしても初球である。甘く入ったストレートを弾き返し、左中間を真っ二つに破る長打コースとなった。

一塁ランナーの陽介が重い身体をダルンダルン揺らしながら懸命に走る。

センターがボールを拾い、ショートに送球する。

陽介は二塁を蹴り三塁へ向かう。三塁コーチはストップをかけたが、サインをまったく見ていない陽介は三塁を蹴ってホームに突っ込む。

ショートからホームにボールが返ってきた！

完全にアウトのタイミングであったが、送球が大きくそれた。

微妙な判定であり、一瞬球場が静まり返る。

球審が両手を横に伸ばし、セーフと告げた。

皆が大騒ぎする中、陽介が汗をボタボタと垂らしながら帰ってきた。もう死にそうである。

チームメイトが疲れ果てた陽介を手厚く迎える。

まだ二回途中だというのに、まるで勝利を決めたヒーローのような扱いだった。皆の興奮とは裏腹に、陽介は手を挙げるだけで、声を発する力すらないといった様子であった。

陽介の活躍で二点を挙げた磯子ドルフィンズは、その後も勢いが止まらなかった。連続ヒットでさらに二点を追加し、一挙四得点を挙げて二回の攻撃を終えた。

序盤から四点をプレゼントされた孝広はゆっくりとマウンドに向かう。

点差のことは忘れ、より一層気を引き締めた。

マウンドに立った孝広は相手打者の目を見据える。

四番打者であるが恐れる必要はない。真っ向勝負だ。

陽介のサインに孝広は大きくうなずく。

陽介も分かってる。ストレートのサインだった。さっきまで弱気だった陽介であるが、二回のタイムリーで自信をつけたようであった。

孝広は大きく振りかぶり渾身の力でストレートを投げた。

ど真ん中に伸びるボールは一回よりも球威が増していた。

相手打者は振り遅れたもののバットに当ててきた。一塁線の打球はファールゾーンへ切れていく。

二球目もあえて直球のど真ん中で勝負した。それくらい孝広はこの日自分の球に自信があったし、四番打者を圧倒すれば完全にペースを掴めると確信していた。

相手は二球目もバットに当ててきた。

今度は三塁線のファールだった。

同じファールとはいえだんだんタイミングが合ってきている。それでも孝広と陽介のバッテリーはど真ん中のストレートを選んだ。

大きく振りかぶり、球に気合いを乗せて投げた。

相手がバットを振ったと同時に球が微妙に浮き上がった。

ファールチップである。

普段の陽介ならそらしているが、球場にパシンと革の音が響いた。

陽介は捕球していることに驚き、固まっている。

「アウト！」

球審の言葉でやっと我に返ったようであった。

少し遅れて一塁手に送球する。

孝広は陽介と目が合うと、グーサインを出した。陽介も孝広に向けてグーサインを出す。二人は笑顔でうなずいたのだった。

四番打者を三振に打ち取り波に乗った孝広と陽介のバッテリーは、五番と六番も三振に仕留めて〇点に抑えた。

その後も孝広の球威は衰えず、スコアボードに〇を並べていく。

陽介のほうもフィールディングに自信をつけたようで、強気のリードで孝広を引っ張っていく。相変わらず盗塁は刺せないが、キャッチングには一切ミスがなく、まるで別人のようであった。しかしマグレではない。努力による結果である。

孝広と陽介のバッテリーは七回に二点を失ったが、八回はしっかりと〇点に抑え、最後の味方の攻撃に期待する。

しかし追加点を取ることはできず、磯子ドルフィンズは二点リードのままいよいよ最終回を迎えたのだった。


あと三人だ。

孝広は心の中で言ってマウンドに立った。

炎天下の中、一人でここまで投げてきた孝広は疲れているが、最終回を乗り切る体力はまだあるし、また三人でピシャリと仕留める自信がある。

相手は九番打者からだ。九番はまったく脅威ではない。一、二番は小細工などしてきて少々わずらわしいが、長打力はない。絶対に打ち取れる。

陽介がホームベースに腰を下ろした。

陽介の表情に不安はない。この大きい壁に向かってドンと投げてこいというように両手を大きく広げた。

打者がバッターボックスに立つと陽介がストレートのサインを出した。

孝広はうなずき振りかぶる。

内角低めの鋭いコース。

球威は落ちているが相手から空振りを取った。

いけると確信した孝広と陽介は二球目もストレートを投げた。

バットに当てられるも、どん詰まりのピッチャーフライ。

軽々と一つのアウトを取った孝広は人差し指を立てて後ろを守る仲間たちにワンナウト、と言った。

頭に描いていたとおりだった。

あと二人。あと二人で勝利だ。

そのはずだった。

一番打者がバッターボックスに立った直後である。

突然薄暗い雲が舞い降りてきて太陽の光を遮断し、次の瞬間ザッと雨が降り出した。

孝広はとっさに応援席を見た。

いない。どこにもいない。

だがこの雨の降り方は確実に孝平である。

孝平が『この世』に現れた。よりによってこんなときに！

強めの雨だが審判から中断の指示は出されなかった。

陽介からストレートのサインが出され、孝広はうなずく。

雨の中はとても視界が悪く、またボールの握りもいつもとは違う。

集中しろ。惑わされるな。相手も条件は一緒だ。

孝広は自分に強く言い聞かせるが、球に動揺が乗り移ったか、外角高めに浮いてしまった。

しまった、と思ったときにはライトに運ばれていた。

クリーンヒットを打たれた孝広はランナーを気にするのではなく、またしても応援席に目を配る。

近くにいるんだろう。早く出てこい。今一番大事なときなんだ。今だけでいいから消えてくれ。

孝広の思いとは裏腹に孝平はスタンドに現れない。

孝平に直接伝えられぬまま、二番打者と対峙する。

あと二人。あと二人なんだ。

頭では分かっているが、完全に集中力を失った孝広は制球が乱れ、ストレートのフォアボールを与えてしまった。

孝広と陽介はスコアリングポジションにランナーを置いて三番打者を迎える。

陽介がタイムをかけてマウンドにやってきた。

「サカッチョ落ち着いて。八回までの投球を思い出して。絶対大丈夫！」

陽介に激励され、孝広は自信と集中力を取り戻すものの、今度は運に邪魔された。

ワンストライク、ツーボールからの四球目だった。

三番打者がショートに球を放つ。

ゲッツーで試合終了だ、と思った矢先だった。転々とバウンドするボールがイレギュラーし、ショートの股を抜けていった。

孝広は思わずマウンドを踏みつけた。

ショートのミスではない。雨のせいだ。土が濡れているせいでイレギュラーしたんだ。

何とか失点は防いだものの、これでワンナウト満塁。

四番打者が、打席に立った。

一打逆転サヨナラのピンチに追い込まれた孝広はふいに空を見上げた。

雨の勢いがさらに増したからである。

雨に憎しみを抱く孝広はもう一度自分に対し、集中しろ、と強く言い聞かせた。

満塁とはいえまだ二点のリードがある。絶望するにはまだ早い。

ここを何とか乗り切れば勝てる。必ず凡退に仕留める！

陽介がストレートのサインを出した。陽介はあくまで強気だ。内角にかまえている。

孝広は陽介を信じて内角低めのコースにストレートを投げた。

相手は初球から振ってきた。

三塁線に鋭い打球が飛ぶ。際どい当たりに孝広は心臓が飛び跳ねる思いであったが辛うじてファールだった。

完全に読まれている。タイミングも完璧に合っている。鋭いコースをついたはずなのに。

陽介は次にカーブを要求した。孝広はうなずきカーブを放る。

陽介はストライクゾーンギリギリにかまえていたが、孝広は大きく外した。三球目も同様カーブを投げ、やはり大きく外れてボールだった。

孝広はストライクゾーンに投げて勝負するのが怖かった。ボール球を振ってくれればという思いであった。

初球を完璧に引っ張られた瞬間から、どこに投げても打たれるのではないかという恐怖心が芽生えていた。

しかし歩かせるわけにはいかない。押し出しで一点差。次の打者にヒットを打たれれば逆転サヨナラだ。

四球目、陽介がストレートのサインを出した。こういうときこそ強気に勝負だサカッチョ、という心の声が聞こえてきた。

孝広はマスクの奥でこちらを見つめる陽介と目が合うが、首を横に振った。

緩急を使って相手のタイミングを狂わせようという考えは分かるが、ここはもう一球カーブで様子を見たい。

ストライクゾーンから外角にそれるカーブを投げるのだ。

一見甘そうな球に釣られて手を出して、引っかけてくれるかもしれない。あわよくばゲッツーで試合終了だ。

見送られたとしてもスリーボールだ。そしたら腹をくくって勝負すればいい。

陽介が改めてサインを出す。

孝広はカーブのサインにうなずき、セットポジションで球を投げた。

その瞬間孝広の口から、あっと声が洩れた。

投げるとき指が滑ってすっぽ抜けたのである。

大きく外れてくれればよかったが、よりによってど真ん中。超ホームランボールであった。

雨の降る球場に、快音が響き渡った。鋭い打球はレフトに飛び、レフトの頭上を大きく越えた。

孝広はバックアップもせずマウンドに立ち尽くす。

最後の最後に臆病風が吹いて、小細工したのが敗因だった。

陽介を信じて強気に勝負していれば……。

いや違う。雨だ。全部雨のせいだ。

雨が降らなければピンチを招くこともなかったし、失投だってしなかった。

雨が全てを狂わせた！

ランナーが一人二人とホームを踏む。そして逆転のランナーもホームに還ってきた。

孝広はホームベースに身体を向けてはいるが、大はしゃぎする相手ナインの姿は映っていない。

瞳に映っていたのは、応援席で黄色い傘を差す孝平の姿であった。

逆転サヨナラ負けを喫したショックと、雨を降らせた孝平への怒りとで自分を見失っている孝広は、陽介に手を引かれてハッとした。

気づけば両チーム整列している。

孝広は相手チームに頭を下げるなり応援席に向かった。監督の呼び止めも無視して。

黄色い傘を差す孝平はずっと同じ場所に立っていた。孝広は孝平に近づくにつれ怒りが沸々と湧き上がり、目の前に立った瞬間大事なグローブを足元に叩きつけた。

「何で来たんだよ。何でこの大事なときに！」

雨の中怒り叫んだ。

孝平は傘で顔を隠している。孝広は今にも殴りかかりそうな勢いであった。

「……ごめん」

孝平の言葉に孝広は震える拳を引っ込めるも、

「何がごめんだ、何が！」

冷静さを取り戻せるはずがなかった。

「兄ちゃんが今日試合だって知らなくて」

「何が知らなくてだ。あっちの世界で俺のことが見えてるんじゃねえのかよ！　ええ！　ワザと俺を邪魔しにきたんだろが！」

激しく詰め寄ると、孝平の持つ黄色い傘が横に揺れた。

「今は分からない。今は違うんだ」

「何が違うか言ってみろよ！」

「コドモランドに戻ろうとしても戻れないんだ。この世から消えても、前とは違って真っ白い場所に行っちゃうんだ。そこには誰もいなくて、家もなくて、ただ一人。歩いても歩いてもずっと真っ白。兄ちゃんの姿も、声も聞こえない。勝手にこっちの世界にやってきたから、バチがあたったんだ」

孝広は酷く落ち込んでいる孝平に向かって、

「嘘つけ」

冷たく一蹴した。

「じゃあ何で毎回毎回俺のところにやってくる？　何でわざわざ大事な試合のときにやってくるんだよ！」

「兄ちゃんを思い浮かべながらこっちの世界に来たいって思うと、兄ちゃんがいる場所にいるんだ」

孝広は鼻で笑った。

「何が思い浮かべるとだ、ふざけやがって」

「本当だよ！」

孝平が傘を上げて言った。この日初めて目が合った瞬間だった。

孝広はとっさに目をそらし、

「もう二度と俺の前に現れんな」

低い声で言い放った。

「人の物を盗んだり、怪我させたり、試合までぶっ壊された。雨が降らなきゃ勝てたのに。全部お前のせいだ。お前は雨小僧じゃなくて疫病神だ。もうウンザリなんだよ!」

顔を背けたまま絶交を告げると、

「分かった」

孝平はただ一言そう言って、孝広のもとを去っていった。

孝広は孝平を追いかけることはせず、雨に濡れたグローブを拾い仲間たちのもとへ戻る。一度も振り返ることはなかった。

孝広はふと空を見上げる。

雨が、止んだ。


試合に負けたあの日から二週間、八月三十日の朝を迎えた。

土曜日のこの日、孝広は九時に起床し、仕事が休みである孝志と京子と一緒に少し遅めの朝食を食べ、十時過ぎにグローブとボールを持って家を出た。陽介と野球の練習をする約束をしているのだ。

明後日から九月だというのに、相変わらず暑い。外に出た瞬間から汗が噴き出すほどの熱気だった。七月初旬のあの猛暑から時間が止まっているのではないかと思うくらい、まったく秋の気配が感じられない。

でも確実に秋は近づいている。

夏休みもいよいよ残り二日となったのだから。

孝広はやっと学校が始まるという思いであった。夏休みなんかより、学校に行っていたほうが百倍楽しい。

そう思う孝広であるが、ふと表情から明るさが消えた。

今年の夏休みはいろいろあったな、と思う。

本当にいろいろ。

思い出す場面は全部雨が降っていた。

あの試合から二週間。

孝平は一度も孝広の前に姿を現していない。

この二週間、一度も雨が降っていないのだ。

眠っている間に降った可能性もあるけれど、孝広は知らない。

孝平の奴、今ごろどこで何をしているのかなあと孝広は思う。

と同時に、孝広は最後のやり取りを思い返すのだった。

孝平の話したことが全部本当だったら……。

今ごろ無限に広がる白い空間で一人、寂しく体育座りしているかもしれない。

あるいは、仲間たちがいた元の世界に戻ろうとひたすら歩いているかもしれない。

そう思うと孝広は胸が痛い。

あれから二週間が経った今、孝広は正直後悔している。

何であんな酷い言い方をしてしまったのだろう。

試合に負けたのは雨のせいだけじゃない。

たかが雨ごときで動揺し、集中力が途切れ、冷静さを取り戻せず、仲間を信じず、最後に臆病になった自分のせいである。

試合に負けたのは悔しいけれど、今はもう孝平に対して、雨に対して、恨みはない。むしろ情けない思いでいっぱいである。

自分のほうから絶交したのだから、また戻ってこいよだなんて言えないし、戻ってくることもないだろう。

でももう一度だけ会って、最後に一言ごめんって言いたい。孝平に謝らなければ一生後悔すると思うから。

孝広は現実に引き戻されたようにハッと顔を上げた。

いつしかふたば園に着いていた。

庭のベンチで、園長が小説を読んでいる。

いつもの丸い眼鏡をかけて。

綺麗に結った、白髪交じりの髪が艶を放っている。

よほど内容が面白いのか、ウフフと笑っていた。相変わらず穏やかで上品なお婆ちゃんだった。

孝広は園長の姿を見ているだけで何だか心が和む。

「あらサカッチョくんこんにちは」

声をかける前に園長が気づいた。

孝広は門を開き中に入る。

「こんにちは。陽介くんいますか」

園長とのやり取りが聞こえていたのであろう、陽介がグローブを持ってやってきた。

「やあサカッチョ」

孝広も陽介に手を挙げ、やあ、と返す。

その刹那、なぜか陽介の顔から笑みが消えた。

園長が読んでいた小説を閉じ立ち上がる。

「あの、どちらさま?」

孝広は意味が分からず一瞬混乱するが、背後に人の気配を感じ振り返った。

そこには黒いポロシャツにジーパン姿の、年のころは四十くらいの男性が立っていた。

額から汗をダラダラと流すその男性は、

「突然すみません」

と、まず頭を下げ、

「私、向哲矢《むかいてつや》と申します」

丁寧に挨拶した。

「どんなご用件で？」

園長が柔らかい口調で尋ねると、向は園長ではなく孝広を見た。


男性は優しい顔立ちだが孝広を見る目は妙に怖かった。

いきなり睨まれた孝広は困惑する。孝広は向に何か悪いことをしたかどうか思い出そうとするが、まったく心当たりがない。どう考えても初対面である。

「どうされました？」

園長が改めて尋ねる。向の視線が園長に向けられたので孝広はひとまずホッとするが、妙な胸騒ぎがした。

「実は――」

向が徐に口を開いた。

「私には九歳になったばかりの娘がいまして。三週間前、花園神社のお祭りに連れていったのです」

孝広は色を失い心臓が激しく暴れ出す。

間違いない。孝平が怪我をさせてしまった女の子の父親だ。

孝広は陽介を見た。陽介のほうも激しく動揺している。

ハシくん、と心の中で陽介に声をかける。

その声が届いたらしく、陽介がこちらを見た。まずいよ、というふうに首を小さく振った。

「そのとき、自転車に乗った男の子と衝突してしまって、救急車に運ばれたのです」

「まあ」

園長が気の毒そうに言った。

「幸い頭には異常がありませんでしたが、右手首を骨折してしまって」

向が孝広を一瞥する。孝広は素早く目をそらす。

園長が孝広と向を交互に見た。

「それで、坂本くんがどうかしましたか？」

「自転車に乗った男の子はそのまま何も言わずに行ってしまったんですが」

向は孝広を見ながら言った。

「男の子と彼が喋っているのを見まして」

「そうなの？　お友達なの？」

孝広はうつむいたまま動かなかった。

「人がたくさんいたので一瞬だったのですが間違いないと思います。すぐに呼び止めればよかったんですが、何せ娘は頭から出血していてそれどころじゃなくて」

ここにたどり着いたのも、偶然自分を発見したからか、と孝広は思う。

孝広は恐怖心を抱きながらも、偶然が重なってよかったと思った。女の子に怪我をさせたままというわけにはいかなかったから。

孝広は手足を震わせながら、

「僕です」

向に告げた。

「あの子の名前、教えてくれるかな？」

孝広はうつむいたまま、

「坂本、孝平」

正直に伝えた。

「君も坂本くんなんだろう？　もしかして兄弟？」

「いや、あの、その……」

孝広は自分でも分からない。

「坂本くんに弟はいませんよ」

園長が横から言った。

「そうか。じゃあお友達なんだね?」

孝広は一拍置いて、はいと返事した。

「私のところに連れてきてくれないかな?」

孝広は恐る恐る向を見上げ、

「孝平をどうするつもりですか? 仕返しするんですか?」

小六の孝広は本気でそう思ったのである。

「まさか。私はただ、その子にうちに来てもらって、娘に謝ってもらいたいだけだよ」

それを聞いてホッとした。

「分かりました」

と返事はしたけれど、孝広には孝平を連れてくる術がない。

今のやり取りが孝平に聞こえていれば別だけれど。

いや、聞こえていたら奴はなおさら来ないだろう。

孝広は孝平が現れるのを待つしかない。

「ただ、友達といっても家が分からなくて」

時間稼ぎをするしかなかった。

「家の電話番号は？」

孝広は首を振る。

「どこ小の子？　それくらいは分かるだろう？」

向の声に苛立ちがにじむ。

何一つ分からない孝広は当惑する。

険悪になりつつある微妙な空気の中、亜紀子がママチャリに乗って帰ってきた。

前カゴと後ろカゴにスーパーの袋が載っている。どうやら買い出しから帰ってきたらしい。

「ただいま」

亜紀子が自転車を降りて言った。

「ねえ園長、今日ニンジンとほうれん草がすっごく安かったの」

何も知らない亜紀子は呑気なものであった。

しかし皆の表情を見るなり、

「え？　どうしたの？」

亜紀子が怪訝そうに尋ねる。

「お客さん？」

園長に聞くが、園長は曖昧に答えるだけであった。

重苦しい空気の中、突然亜紀子が辺りを見回しながら鼻をクンクンとさせた。

「ねえ。何この臭い」

孝広も亜紀子と一緒に嗅覚を研ぎ澄ます。

すぐに異臭を感じ取った孝広は背筋がヒヤリとした。

焦げ臭い。

どこからだろうと辺りを見回す孝広はドクンと心臓が波打った。

陽介たちが暮らす住居から、かすかに黒い煙が上がっている。

孝広は建物を指差し、

「家からだ！」

上ずった声を上げげた。

気づいたときはうっすらであったが、次第に煙の量が増していく。建物が黒煙をモクモクと吐き出している。

「火事だ！」

陽介が叫んだ。

亜紀子が慌てて一一九番に通報する。

その直後、中にいた五人の子どもたちが一斉に飛び出してきた。

全員男子で、勇気が先頭だった。

皆顔面蒼白である。

「園長、亜紀子姉ちゃん！」

勇気が声を震わせながら叫んだ。

「何があったの！」

亜紀子が勇気の肩を激しく揺さぶって問う。

「ライターで遊んでたら、あの、その！」

勇気が右手に持っていた百円ライターを亜紀子に見せた。

「どうしてそんな物持ってるの！」

「孝平から……」

孝広は耳を疑った。

孝平？

なぜここで孝平の名前が……。

孝広はすぐに三週間前の出来事を思い出した。

花火をしているときだ。孝平が自転車で去ったあと、勇気がチャッカマンを持っていた。

そう、あのときは確かにチャッカマンだった。百円ライターじゃない。

「孝平くんから渡されたライターはお姉ちゃんが預かったはずよ？」

「実はこれも貰って、ずっと持ってたんだ。で、部屋の中で遊んでたらカーテンに燃え移って……」

孝広はきつく目を閉じた。

何てことをしたんだバカヤロウ！

勇気に怒っているのではない。孝平に、である。

孝平の責任は自分の責任でもある。

しかし孝広には火を消す術はない。消防車が一刻も早く到着し、最小限の被害で収まるのを願うしかない。

「中にはもう誰もいないのね？」

園長が勇気たちの顔を確認しながら言った。

「洋平くんと明美ちゃんは友達と遊びに行ったわよね？」

亜紀子が言ったその刹那、勇気がハッとなって叫んだ。

「千夏がいない！　まだ中だ！」

孝広は考えるよりも先に身体が動いていた。

建物に向かって走る。皆の呼び止める声を無視して。

玄関扉を開いた瞬間全身が熱風に包まれた。

と同時に黒煙に襲われ孝広は激しく咳き込む。

煙が目に沁みて、視界がぼやける。

煙を払いながら前方を見た。

涙で歪んだ視線の先には、ふたば園の子どもたちが暮らす部屋が五つ並んでいるのだが、一番奥の部屋が不気味な紅い光を放っている。

間違いなく陽介と勇気の部屋だ。廊下が黒煙に包まれているとはいえ、何度も遊びにきている孝広はすぐに分かった。

陽介と勇気の部屋からバチバチと異様な音が聞こえてくる。中の様子を想像するだけで恐ろしかった。

よほど激しく燃えているのか、やがて廊下にまで火が燃え広がってきた！

ふたば園は古い木造だから火の回りが早い。一刻も早く千夏を捜してここから出なければ。

孝広は口と鼻を手で押さえながら廊下を走る。

炎が上がっている部屋の一つ手前が千夏の部屋だ。

部屋にいてくれることを信じて孝広は部屋に向かう。

千夏の部屋の扉は開いていた。孝広はゴホゴホと咳き込みながら中を見た。

いた。赤いワンピースを着た千夏の横顔がそこにはあった。

すぐに見つけることができ、孝広は胸を撫で下ろす。

が、一瞬にして安堵の思いは消え去り、言いようのない不安と危機感に襲われた。

非常事態にもかかわらず、赤いランドセルに教科書やらノートやらを詰め込んでいるからである。

「おい何してんだよ千夏！」

髪を二つに結んだ千夏がハッと孝広を見た。

「サカッチョ」

千夏の声はか細く、震えていた。

なのになぜか駆け寄ってこない。

逆に孝広のほうが駆け寄り、

「何してんだよこんなときに！」

耳元で叫んだ。

「明後日から学校でしょ？　宿題とか入れてるの」

「おいおい馬鹿かっ！」

「だってせっかく終わらせたのに」

「宿題とか言っている場合か！　逃げなきゃ学校どころじゃなくなるぞ！」

「ああ、ちょっと待って。あと算数の宿題！」

孝広は有無を言わさず千夏の右手を掴んだ。

ランドセルが床に落ち、中に入っていた物がザーッと滑り出る。

「ああ私のランドセル！」

「行くぞ」

振り返った瞬間孝広は血の気が引いた。

いつしか部屋の中にまで火が燃え広がってきていた。

「だから言ったろう！」

ならばと孝広は炎に背を向け部屋の窓に視線をやった。しかしその刹那孝広の口から弱々しい声が洩れた。

侵入防止用の、ステンレスの格子が取り付けられているからだ。

孝広は再び炎を振り返り後ずさる。

ジワジワと火が近づいてくる。悪魔が忍び寄ってくるかのように。

すぐ傍にはベッドがある。ベッドにまで燃え移ったら……。

孝広は千夏を抱えて火の中に飛び込もうかと考えるが、それよりもやはり窓から脱出したほうが安全だと判断した。

孝広は窓を開けるなりステンレスの格子を蹴りつける。だが、位置が高くて思うように蹴られない。

「サカッチョ」

千夏が今にも泣きそうな顔で孝広の袖を引っ張った。

孝広は咳き込みながら机に向かい木の椅子を持ち上げた。そしてそのまま思い切りステンレスの格子に投げつけた。

しかし思ったよりも頑丈でビクともしない。もう一度椅子を持ち上げ、力一杯投げつけた。が、破壊するどころかダメージすら与えられない。

煙を大量に吸い込んでしまった孝広は膝を落とし、激しく咳き込む。千夏も相当苦しそうだ。

煙でだんだん力が奪われていく。頭もクラクラしてきた。

熱い。皮膚が溶けてしまうのではないかと思うくらいに。

やっぱり火の中に飛び込むべきだっただろうか。

諦めるなと孝広は自分に言い聞かすが、思うように力が入らない。

膝を落としたままの孝広は今更ながら孝平の『予知夢』を思い出した。

苦しんでいる姿って、火事か……。

「あの馬鹿」

孝広は力を振り絞り立ち上がる。

千夏がだんだん弱っているのだ。何が何でも格子を突き破る！

またしても椅子を持ち上げた。

そのときだ。

一瞬にして空が真っ暗になり、孝広の動作が止まった。

雨の前兆である。

しかしなぜか雨は降ってこず、不気味な静けさに息を呑んだ、次の瞬間――。

突然嵐が吹き荒れた。

建物がグラリと揺れ、椅子を持ち上げていた孝広は暴風に押されその場に尻餅をついた。

立ち上がろうにも立ち上がれないほどのすさまじい風だった。

同時に激しい雨がバチバチと部屋に吹き込む。とっさに孝広は両手で顔を防御する。

冷たい雨は何度も経験しているが、痛くて息苦しい雨は生まれて初めてだった。

孝広は匍匐《ほふく》して千夏のもとに向かい、机の脚に掴まりながら千夏を守る。

雨風はさらに激しさを増し、建物がグラグラと揺れ動く。まるで地震が起こっているかのようだった。

建物が崩れるんじゃないかという危機感が胸を過った矢先、屋根が剥がれ落ちたのか、天井部からも水が降ってきた。

孝広は目の前の光景に息を呑む。

荒れ狂う嵐が二人に襲いかかる黒煙を押し返し、迫りくる火を消す。まるで戦っているかのようだった。

「神様が守ってくれてるんだ」

孝広の腕の中にいる千夏がつぶやいた。

孝広はうなずくが、心の中では違うと言った。

孝平だ。きっと孝平が現れたんだ。

激しい雨を背中で受ける孝広は魂が抜け落ちてしまうほど大きく息を吐いた。

かすかに、消防車と救急車のサイレンが聞こえてきたのである。

それから間もなく救助隊が到着し消火活動及び救助活動が行われ、何とか無事孝広と千夏は救出されたのであった。


突如ヒーローのごとくやってきた嵐によって二人は無事助かり、またふたば園の被害も最小限ですんだ。孝広は自分と千夏もそうであるが、もし嵐がやってこなければふたば園はどうなっていたかと思うとゾッとする。『部分焼』ですんだのは不幸中の幸いであった。

その嵐がいつしか小雨に変わっている。

天気の変化に気づいたのは、搬送先の病院に到着したころだった。

千夏とともに診察を受ける孝広は、シトシト降る雨を見つめながら孝平を想う。孝平は今近くにいるのか、それとも姿を消したのか、孝広には分からない。

診察室を出た孝広はふと柱の時計を見た。長い一日に感じられるが、まだ正午過ぎだ。

孝広と千夏は奇跡的に火傷一つ負っておらず、またその他にも異常がなかったので医師から帰宅の許可が出された。

病院に駆けつけた孝志と京子に付き添われ、孝広は廊下を歩く。すぐ先には、園長たちと一緒に歩く千夏の姿があった。

病院を出る間際だった。

孝広は急に足を止め、待合室の壁に取り付けられてある大型テレビを振り返った。テレビの中ではアナウンサーが臨時ニュースを読んでいる。

『先ほど神奈川県沿岸部の一部で突如発生した嵐は、わずかの時間で磯子区の一部に被害を与えたものの、その後は一瞬で消滅した模様です。

現時点で死者・行方不明者の報告はなく、被害状況の確認が進んでおります。専門家でも説明の難しい一瞬の出来事に――』

あれほどの嵐だったのだ。甚大な被害が出るのは当然であるが、自分たちのことで頭がいっぱいで、想像すらしていなかった孝広は今まさに現実を知り、強いショックを受けた。

あの嵐は守護神でもあり、疫病神でもあったのだ。

自分たちが助かった代わりに、多くの人が被害に遭ったと思うと胸が苦しい。

孝広は被害に遭った人々に対して申し訳ない思いでいっぱいになるが、そうだ、とまず謝らなければならない人物がいることを思い出し、後ろを振り返った。

孝広は、依然ビショ濡れ状態の向哲矢の姿を見た。

心配して病院まで来てくれていたのだ。

「あの……」

孝広は勇気を出して言った。

「明日必ず孝平を連れて謝りに行きます」

むろん孝広には孝平を捜し出す術はないし、明日孝平が自分の目の前に現れてくれる確証なんて一つもない。それでも孝広は孝平を信じてそう告げた。


翌朝八時前に目を覚ました孝広はベッドから飛び降り、カーテンの前に立った。

心臓をドキドキさせながらカーテンを開く。

小雨が、降っている。

夜中は知らないが、実は昨晩寝る前までずっと雨が降っていた。

昨日自宅に戻るや否や外に出て、孝平が目の前に姿を現すのを待っていたのだけれど、結局やってはこなかった。

この雨も天が降らせている『ただの雨』だろうか。

孝広は洋服に着替えるなり傘を持って外に出た。

いないか。

孝広は思わず声に出した。

奴は現れるたびに違う色の傘を差していたから、今日は青かピンクか、それとも想像すらできないような柄の傘か。

孝広はそんな想いを抱いて外に出たのだが、傘を差している少年は一人もいない。

しばらく待とう。

もしも孝平がやってこなければ、一人で謝りに行こう。

自分に言った、そのときだ。

孝広は二、三十メートルほど先にある自転車置き場に注目した。

自転車置き場には屋根があり、屋根を支える鉄柱の陰に一人の少年が立っている。

孝平だった。

いつも他人の家から勝手に傘を持ってきていた孝平が、この日は自転車置き場の屋根を傘の代わりにしていた。

いつからいたのだろう。

昨日からずっと近くにいたのだろうか。

もしかしたら、病院にも来ていたのかもしれない。気づかなかっただけで。

久しぶりの再会だというのに、二人に笑顔はない。

孝広は嬉しいけれど、やはり最後のやり取りを思い出してしまう。

勇気を出して一歩踏み出し、孝平に歩み寄る。

「やあ兄ちゃん」

最初に口を開いたのは孝平のほうだった。でもいつもの笑顔はない。何とも気まずそうな挨拶だった。

「昨日は助かった。偶然だとしてもな」

嵐のことである。孝広は場を和まそうとしてあえてそう言った。すると孝平の表情が少し綻んだ。

「偶然なんかじゃないよ」

「どういうことだ？」

「ずっとずっと白い空間にいたんだけど、何か嫌な予感がしてこっちの世界に来たんだ。そしたら兄ちゃんが火事の中に閉じ込められてるって皆が叫んでいたから、オイラ神様にお願いしたんだ。兄ちゃんを助けてって」

「そっか」

孝広は孝平に感謝の思いを抱くが、素直にありがとうが言えない。

「やっぱり当たったろう兄ちゃん。オイラの予知夢」

「馬鹿！」

「なんで馬鹿なのさ」

孝平は本当に気づいていないのだろうか？

孝平がこの世に来なければ火事なんて起こっていなかった、ということを。

孝広は、それは言わずに胸の中に留めておこうと思った。

他にも孝平に対して様々な想いや、伝えなければならない言葉がある。でもまずは怪我をさせてしまった女の子の家に謝りに行くのが最優先だと孝広は思った。

「なあ孝平」

声の調子を変えて言った。

「お前が怪我をさせてしまった女の子のところに謝りに行こう。俺も一緒に行くから」

孝広は孝平が嫌がっても力尽くで連れていくつもりはない。納得するまで説得するつもりだった。でなければ謝りに行っても意味がないと思うから。

しかし孝平は意外にもあっさり、

「分かったよ」

と返事をしたのである。

拍子抜けしていると、

「オイラもそのつもりで来たんだ」

孝広はこのとき、複雑な想いを抱いた。

しかしそれを言葉には出せず、孝広は一枚のメモ用紙を取り出した。

そこには住所が書かれている。孝平が怪我をさせてしまった女の子の家だ。

昨日の帰り際、向から渡されたものだった。

「行こう兄ちゃん」

孝平が先に歩き出した。

「ちょ……」

どちらの方向か考えていた孝広は少し遅れて孝平のあとを追い、濡れないよう傘の中に入れてやった。

「家知らないだろ」

「知ってるよ」

「何で」

「知ってるからだよ」

孝平は前を向いたまま言った。孝広には照れ隠しのようにも見えた。

何だろうと不思議に思う孝広は、もしかして、と考える。

皆で花火をしている最中、突然いなくなった孝平が向かった先を想像したのである。

どうやって情報を知ったのかは分からない。いろいろな人に尋ねて知ったのかもしれない。

あのとき、孝平は女の子が運ばれた病院に行ったのではないか。雨の中、自転車をこいで。

翌日も、翌々日も、病院の外で女の子が出てくるのを待っていた？

女の子が入院していたのかどうかも分からないけれど、父親と一緒に出てきた女の子のあとを追って、家を知った。

でも声をかけることなんてできなくて、ずっとずっと女の子の部屋を眺めていた……？

孝広はそんな気がする。

あのころずっとずっと雨が降っていたから……。

きっとそうだと考える孝広は安堵した。

今までずっと、孝平には常識がなくて、平気で嘘をつき、平気で物を盗み、また、人の痛みすら分からない奴だと思っていた。

けれどそうじゃない。孝平は悪気がなかっただけで、実際は人間らしい、相手を思いやる気持ちは持っていたのだ。

孝広は心の中でごめんと言った。

でも言葉に出せないまま孝平が白い外観の小さな家の前で足を止めた。

四角い造りの、見る限りまだ新しい家だ。

表札には『向』と出ている。住所もメモと一致した。

「ここだよ」

孝平が言った。

孝広は大きく息を吐き、緊張の面持ちでインターホンを押した。

間もなく向が扉を開けて出てきた。

早い時間だけれど洋服に着替えている。

「いらっしゃい。よく来てくれたね」

向は意外にも優しく迎えてくれた。孝広は怒られると覚悟していたのだが、向の言葉で緊張がほぐれた。

「さあ中へ入って」

孝広と孝平は向に招かれ中に入る。

靴を脱いだ孝広はすぐにある違和感を抱いた。

母親がいない。本当の母親を失った孝広は敏感だった。

怒って出てこない、といった雰囲気ではない。いないのだと思う。

「どうかしたかい？」

気づけば向は二階まで上がっていた。

孝広と孝平は階段を上り、向の横に並んだ。

目の前には扉がある。向がノックした。

「おーい和美《かずみ》」

言いながら扉を開いた。

「お友達が来てくれたぞ」

孝広は向の横顔を見た。

怪我をさせてしまったというのにお友達だなんて、と孝広は子どもながらに思った。

と同時に、今の一言で向の人柄を知った。

「さあ入って」

孝広と孝平は部屋の中に入りそっと顔を上げた。

長い髪を綺麗に三つ編みに結った女の子が机の前に座っていた。

右手首にはギプスが巻かれていて痛々しい。

左手には鉛筆を持っていた。きっと右利きだろうから不便だろうなと孝広は思う。

「じゃあお父さんはここで」

　後ろに立つ向が言った。孝広が振り返ると、昨日と同じ優しい顔でうなずき部屋の扉を閉めたのだった。

　三人になると和美が椅子から下り、

「初めまして、向和美です」

　丁寧に頭を下げて挨拶した。

「あ、俺は、坂本孝広です」

「オイラは坂本孝平」

　孝広は即座に孝平の耳元で、

「ですだろ」

　と言った。

「です」

　孝平は言われたとおりに付け加えると和美を見て笑った。

「二人は兄弟？」

　孝広と孝平は顔を見合わす。

「そう」

　孝平が言った。孝広は否定はしなかった。

「やっぱり。似てるもんね、顔」

顔は似てないと思うけどなと孝広は思うが口には出さなかった。

「勉強してたの？」

孝平が和美に尋ねた。

「そう」

「こんな朝っぱらから？」

「宿題は全部終わったけど、明日から学校でしょ？」

「へえ、偉いなあ」

孝広は和美に気づかれぬよう孝平のお尻をつついた。

「あ、ああ。えっと、右手、痛い？」

孝広はもう一度孝平のお尻に手を回し、今度は軽くカンチョウした。

孝平がビクリと飛び上がった。

「今は全然痛くないよ。大丈夫」

「そっか。よかったな」

よかったなじゃないだろ。孝平をジロリと見ると、孝平は真面目な顔になり、

「えっと、この前はごめんな」

あまり誠実さは感じられないが、

「いいよ」

和美が優しくそう言ってくれたので孝広は安堵した。

「私も悪かったの。急に動いちゃったから」

「いや、オイラの自転車が下手だから……」

「もう大丈夫だよ。でも、もっと早く来てくれたらよかったのに」

孝広は、自分の責任でもあると反省するが、

「そしたらもっと早くお友達になれたのに」

和美の意外な言葉に胸を打たれた。

しかし孝平は暗い顔である。

「今日からお友達」

和美が孝平に向けて言うと、孝平はパッと明るい顔になって、

「うん。友達」

元気な声で言ったのだった。


一時間後、孝広と孝平は二人に別れを告げて家を出た。『友達』になった三人はあれからたくさんの会話をし、最後はまた遊ぶ約束をしたのだった。

孝広はしっかり謝りにいくことができて心のモヤモヤが晴れたが、まだやらなければ

ばならないことがあると思い立ち止まった。

「なあ孝平」

「うん？」

「今から俺の家に戻って、お前が人の家から勝手に持ってきた物を返しに行こう」

孝平の気持ちが変わらないうちに、と思いそう告げたのである。

「傘だろ？　どこから持ってきたのか憶えてないや」

「傘だけじゃないよ。バットとボールも」

「ああ、それなら憶えてる。学校の隣の家だったから」

傘は仕方ないか、と孝広は自分を納得させ、

「バットとボール、返しに行こう」

と言った。

孝平は一つ間を置き、

「うん」

素直にうなずいたのだった。

自宅に戻った孝広はプラスチックのバットとカラーボールを手に再び家を出て、一階に下りた。

孝平はこちらに背を向けて待っていた。シトシト降る雨を見つめている。

孝広は少しの間孝平の後ろ姿を見つめてから声をかけた。

「行こう」

孝平は振り返り、

「うん」

低い声で返事をした。

孝広は自分の傘の中に孝平を入れて、一緒に磯南小を目指して歩く。

でも二人の間に会話はない。

寄り添って歩いているのに。

喧嘩をしているわけではないのに。

むしろ絆は深まったはずなのに。

孝広は今まで憂鬱に感じていた雨が、今日は何だか寂しく感じた。

薄暗い雲から落ちてくる雨を見つめながら磯南小までの道程を歩く孝広は、無意識のうちに孝平と初めて会った日のことを思い出していた。

そういえばあのときもこうやって、相合い傘して歩いたんだっけ。

友達でも、親友でもない、初対面の孝平と。

あのときは孝平に袖をグイグイ引っ張られて、やめろよとか言いながら家に行ったんだ。

アソボ、という孝平の声が懐かしく感じられた。

傘を差す孝広はそっと孝平の横顔を見る。視線に気づいた孝平が、

「今日はちょっと寒いね」

と言った。

「うん」

それきり二人の間に会話はなく、やがて磯南小が見えてきた。

孝平が磯南小の隣に立つ家を指差し、

「あそこだよ」

と言った。

いつも目にしているレンガ調の家だ。

孝広は住んでいる人の顔や家族構成など分からないけれど、小さな男の子の顔が浮かんだ。

突然プラスチックのバットとカラーボールがなくなって悲しんだと思う。

孝広は玄関扉の前に立ちインターホンを押した。だが出てこない。今日は日曜日だからどこかに出かけているのかもしれない。

「どうするの？」

後ろに立つ孝平が言った。

「仕方ないから玄関の前に置いておこう」

孝広は両手に持っているバットとボールを玄関の前に置き、

「ごめんね」

頭に浮かべる小さな男の子に告げた。孝平も孝広にならって、

「ごめんね」

小さな声で言ったのだった。

やるべきことを終えた孝広はいったん磯南小の中に入り、雨が落ちてこない木の下で足を止めた。

「なあ、これからどうしよ」

孝平に尋ねるが、孝広は自分で答えた。

「そうだ、俺の家で遊ぶか？」

明るい調子の声で言った。

すると孝平は伏し目がちになり、視線を落としたまま首を横に振った。

「行かない」

声は小さいけれど、決意に満ちた言い方だった。

孝広は孝平に理由を問うことはしなかった。

黙っていると孝平が続けて言った。

「兄ちゃんとはここでバイバイだ」

孝広は驚くことはなかった。

『オイラもそのつもりで来たんだ』

あのとき孝広はもう一つの意味が含まれているような気がした。

あのときの孝平はどこか寂しそうだったから。

孝広は孝平が別れを決意しているのではないかという予感を抱いたとき様々な感情が込み上げたが、最終的には覚悟を決めた。

でも実際そのときが来ると、何を言ったらいいのか分からない。

「今日で夏休みも終わりだからさ」

孝広とは対照的に孝平は明るくしようと努めている。

それでも依然黙ったままでいると、
孝平らしく笑わせようとしてくる。

しかし急に、

「なーんちゃって」

「やっぱりオイラは――」

声の調子を変え、

「こっちの世界にいちゃいけないんだ」

真剣な眼差しで言った。

「オイラがこっちの世界にやってくると、皆が不幸になっちゃう」

孝広は胸を締め付けられるような思いだった。

「オイラのせいでたくさんの人が怪我をしたし、怪我をしてない人たちだってオイラが現れると暗い顔をする」

「暗い顔？」

孝広はやっと口を開いた。

「こっちの世界の人間は、雨が嫌いなんだね。雨が降ると皆暗いんだ。兄ちゃんだって嫌いだろ？」

答えに困っていると、孝平がフフフと笑った。どうやら意地悪だったらしい。

「本当はもっともっと兄ちゃんと遊びたかったけどね。オイラはもともとこっちの世界の人間じゃないし、兄ちゃんを助けることができたし、そろそろバイバイしようかなって」

孝広はふと孝平のある言葉を思い出した。

「この世から消えても、コドモランドには戻れないんだろ？　誰もいない、白いところに行っちゃうって」

そこではこの世の様子は見えないし、声も聞こえないとも言っていた。

「そう。でもたぶん大丈夫。こっちの世界に来たときみたいにずっと歩いていればコドモランドに戻れるっしょ。神様にはめっちゃ怒られると思うけど」

もし戻れなかったら。孝広はそう尋ねるつもりだったのだが、

「兄ちゃん」

先に孝平が口を開いた。

「ん？」

「じゃね」

サヨナラだというのにあっさりしたものだった。

それで終わりかよ。孝広は心の中で孝平に問う。

俺にいろいろ迷惑かけたくせにさあ。

「どしたの兄ちゃん」

俺も、そうだ。孝平にまだ謝ってない。

お互いまだ謝ってないんだから、まだ行くなよ。

「兄ちゃんオイラがいなくなったら寂しいだろ」

孝広は視線をそらし、

「別に」

「大丈夫。また兄ちゃんがピンチになるような予知夢を見たら助けにくるよ！」

だからお前のせいでピンチになったっつうの。

「あ、そだ、兄ちゃん。オイラとの約束憶えてる？」

「約束？」

孝広は、約束なんかしたっけと思う。

「叔父さんと叔母さんのこと、ちゃんと父ちゃん母ちゃんって呼んでやれよ。死んだ父ちゃんと母ちゃんも天国で言ってるよきっと」

「それ、約束なのかよ」

「あったりまえだろ。それと――」

孝広はもう一つの約束も思い出せない。いくら考えても。

「オイラが紙粘土で作った兄ちゃんとハシくん。ちゃんと図工の宿題で出すんだぞ？」

ああ、あれかと孝広は納得した。

大事に飾ってはいるけれど、図工の宿題として出すのが約束だとは思っていなかった孝広は、

「あれも約束だったの？」

「だぁかぁらぁ、あったりまえだろ！」

孝広はまだ了承していないが、

「まあそういうことだから。じゃね」

孝平はすでに走り出していた。

まさかこのタイミングで走り出すとは思ってもいなかった孝広は少し遅れた。

「おいちょっと待てよ」

追いかけながら呼び止めるが、孝平は振り返りもしない。

孝広は孝平が立ち止まったところでどんな言葉をかけるべきか分からない。それでも呼び止めた。

だが孝平は最後まで振り返りもしなかった。一度くらい、立ち止まってくれたってよかったのに。

角を曲がる際、孝平は後ろ姿のまま手を挙げた。

その時点でもう孝広は追うのをやめた。

すでに姿を消しているだろうから。

雨が、止んだのだ。

さっきまでの天気が嘘のように、厳しい日射しが孝広に降り注ぐ。

「何だよ……アイツ」

息を切らしながら不満をこぼす孝広は、右手に持っている傘を綺麗にたたんだ。

「孝平のやつ」

最後の最後までよう。

孝広は青空を眺めながら歩く。

こんな晴れているのに傘を持って歩いているなんて馬鹿みたいじゃないか。

せめて家に着くまで、雨降れよ。

エピローグ

部屋の時計をチラリと見た孝広は、時間がない！　と頭の中で叫んだ。

何で算数の宿題がないんだ。机の中にしまったはずなのに！

ダイニングから京子の急かす声が聞こえてくる。

焦る孝広とは裏腹に、孝志と京子は朝食を食べている。先に食べててと伝えたのだ。

食パンに目玉焼きにコーヒーといったところだろうか。

扉の向こう側ではゆったりとした時間が流れている。同じ家に住んでいるはずなのに別世界のようであった。

新学期早々寝坊したのは確実に孝平のせいだと孝広は心の中で言った。

朝方まで空を観察していたのだ。

雨が降るかもしれないと思ったから。

意識を失う瞬間は憶えていない。

気づいたら八時を回っていた。

寝たのは二時間くらいだろうか。その間に孝平が来たかどうか孝広には分からない。

今は、青空が広がっている。

暦の上では秋だけれど、秋だなんてとんでもない。カレンダーの日付だけが進んで、季節は夏のままなんじゃないかと思うくらい暑い。まさに『獄暑』だ。

でも確実に秋だ。夏休みは終わったし、孝平だってもういない。

やっと算数の宿題を発見した孝広はランドセルに詰め込んだ。

あとは図工の宿題だ。

孝広は孝平が作った『作品』を見た。

唯一、形として残った孝平との想い出。

その隣には、自分が作った作品がある。

実は昨日、あれから紙粘土を買いにいって作ってみたのだ。孝平の作品を真似て。

結局、作品とは言えない物になってしまった。

それでもやはり、孝平の作品を持っていくのはマズイよなあと思う。

孝広が自分で作った作品に手を伸ばした、そのときだった。

パラパラと雨が降ってきた。

孝広はハッと空を見上げるが、変わらず眩しい空だ。

「お天気雨……」

突然の雨は孝平が現れたサインだけれど、たぶん孝平は現れていない。

でもこのタイミングは孝平のような気がした。

兄ちゃん約束しただろって言っているんだきっと。

孝平は今どうしてるだろう？

真っ白な空間をただひたすら歩いているだろうか。それとも体育座りして休憩しているだろうか。

もし元の世界に戻れなかったら、こっちの世界に戻ってこいよ、と孝広は孝平に言った。

雨は嫌いじゃない、むしろ好きだって思う人間も世の中にはいるんだから。

数日に一度のペースなら自然だろ？

梅雨の時季は毎日来たって不自然じゃないんだ。

「分かったよ」

孝広はお天気雨に言って孝平の作品を選び部屋を出た。

ダイニングテーブルには孝広の分が用意されている。

今までは、遅刻しそうなときでも座って食べていた。本気で無理なときはごめんなさいと謝って家を出ていたが、孝広はこんがり焼かれた食パンを立ったまま口に運んだ。

そんな孝広の姿に二人とも驚いている。

真面目で優等生の孝広がどうしちゃったの？　と言うように二人が顔を見合わせた。

「あ、そうだ」

二人が同時に孝広を見た。

「えっと、その」

孝広は孝平との約束を守ろうとするのだが、

「来週の日曜日練習試合があるんだ。応援に来てよ」

結局は言えなかった。

二人との距離を縮める努力をしようと決意したけれど、すぐには無理だ。

だからってこれ以上雨降らせるなよ孝平。

いいじゃん、ゆっくりで。

目を丸くさせた二人が、コクリとうなずいた。

「じゃあ行ってきます」

右手に孝平の作品、左手に食パンを持つ孝広は二人に言った。

今まで見せたことのない、最高の笑みで。

つづく

本書は文庫書き下ろし作品です。

この物語はフィクションであり、実在する事件・個人・組織等とは一切関係ありません。

文芸社文庫

君がいる時はいつも雨

二〇一四年十二月十五日　初版第一刷発行

著　者　山田悠介
発行者　瓜谷綱延
発行所　株式会社　文芸社
〒一六〇-〇〇二二
東京都新宿区新宿一-一〇-一
電話　〇三-五三六九-三〇六〇（編集）
〇三-五三六九-二二九九（販売）
印刷所　図書印刷株式会社
装幀者　三村淳

ISBN978-4-286-16035-1